KB237140

Johanes

요하네스

FANTASY FRONTIER SPIRIT

요하네스 3

지천우 판타지 장편 소설

초판 1쇄 찍은 날 § 2007년 4월 24일
초판 1쇄 펴낸 날 § 2007년 5월 4일

지은이 § 지천우
펴낸이 § 서경석

편집장 § 문혜영
편집책임 § 최하나
편집 § 문정흠

펴낸곳 § 도서출판 청어람
등록번호 § 제1081-1-89호
등록일자 § 1999. 5. 31
어람번호 § 제1-0826호

주소 § 경기도 부천시 원미구 심곡1동 350-1 남성B/D 3F (우) 420-011
전화 § 032-656-4452 팩스 § 032-656-4453
http://www.chungeoram.com
E-mail § eoram99@chollian.net

ⓒ 지천우, 2007

ISBN 978-89-251-0597-0 04810
ISBN 978-89-251-0594-9 (세트)

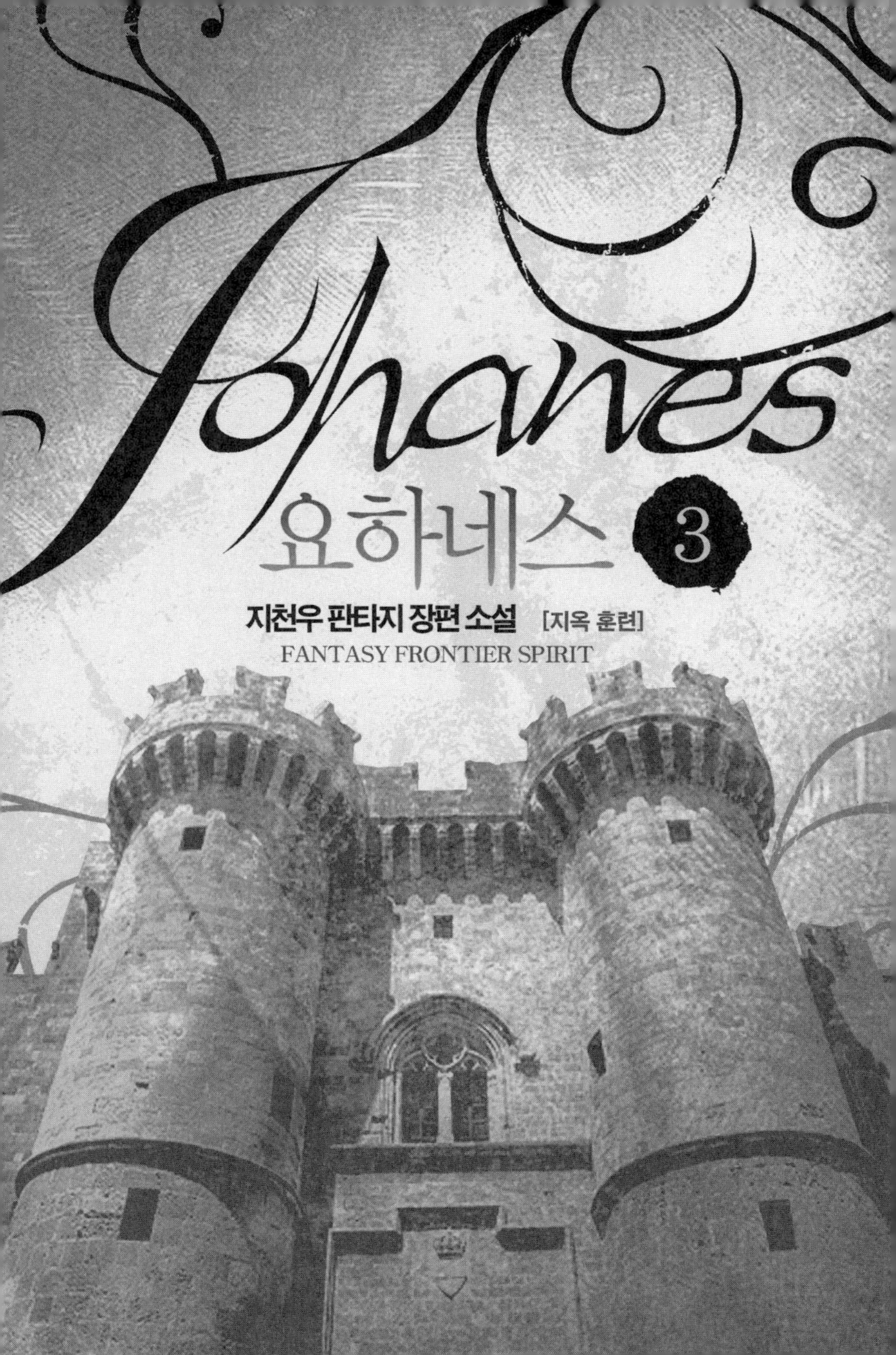
Johannes
요하네스
3
지천우 판타지 장편 소설 [지옥 훈련]
FANTASY FRONTIER SPIRIT

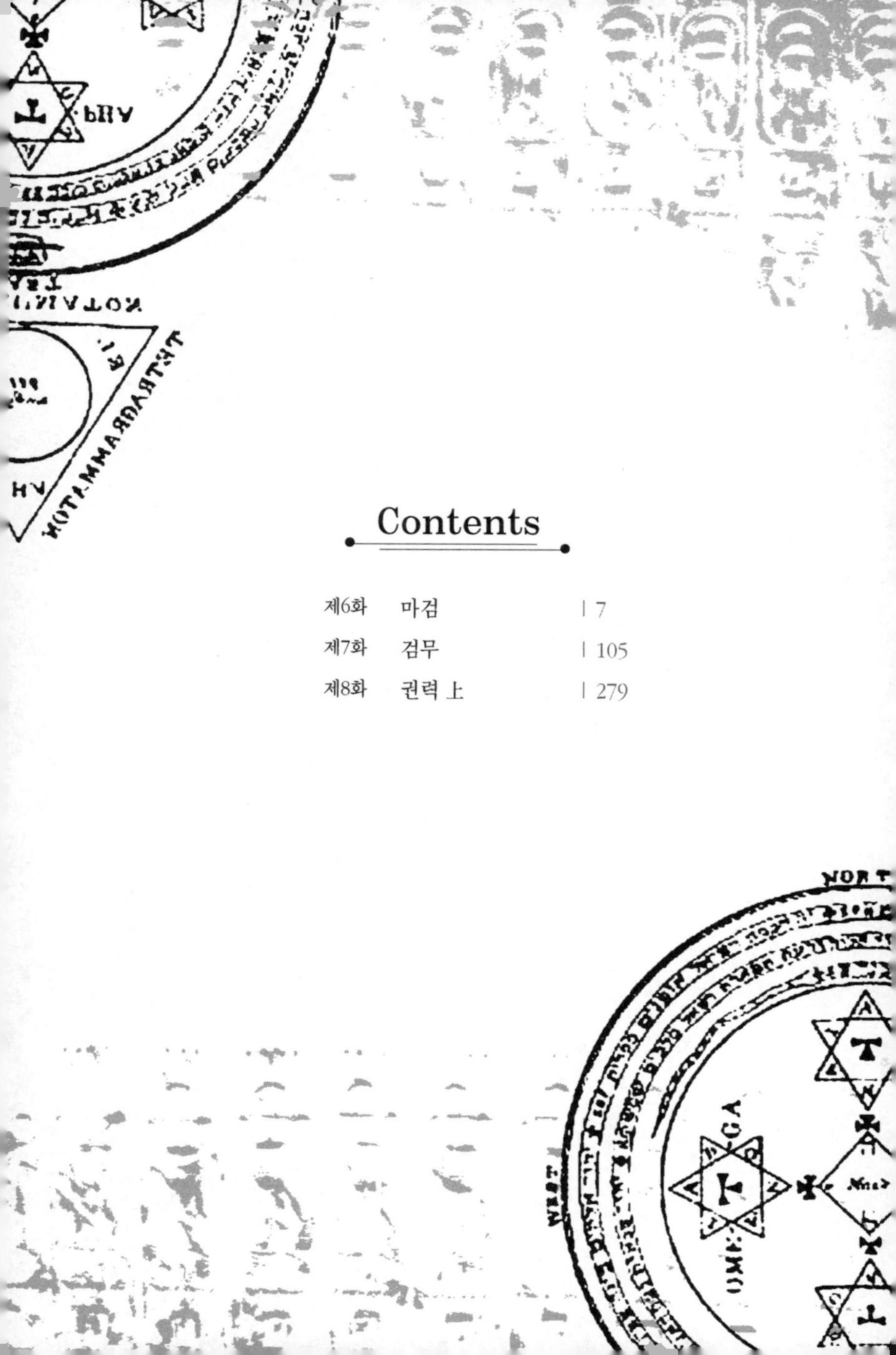

Contents

제6화
마검

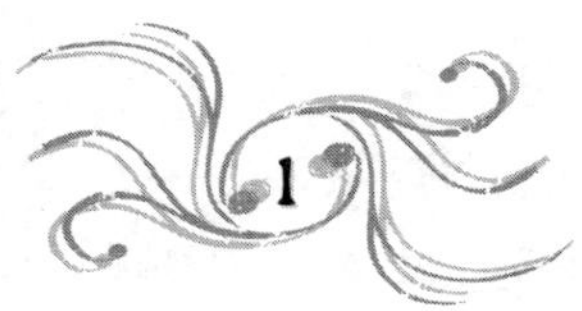

옛날 옛적 드래곤이 시가를 피던 시절, 유례없던 유형의 검술로 한창 주가를 올리는 젊은 검사가 있었다. 파괴적인 검술 혹은 화려하고 빠른 검술이 아닌 별 특색이 없는 검술의 검사.

처음에는 그를 아무것도 아닌, 금세 잊혀질 그렇고 그런 검사라고들 생각했다.

하지만 그 젊은 검사는 모두의 예상을 깨고, 요청받는 퀘스트에 모두 승승장구하는 쾌거를 이루었다. 처음에는 당연히 D급으로 시작했겠지만, 나중에는 S급을 수행하는 대륙 최고의 검사 중 한 명이 되었다.

요약하자면, 그는 바닥에서 시작해 최고의 검사가 되었다.

당시 검사계의 두 기둥이라 불린 아더, 헥터와 함께 주몬은 세 번째 기둥이라 칭해졌다.

하지만 이상하게도 그 젊은 검사를 아더, 헥터처럼 칭송하는 사람은 적었다.

이유가 있었다.

20대 초반에 검사계에 발을 디뎌, 30대 초반에 레전드가 된 젊은 검사는 그가 처음이었다. 너무도 젊은 나이에 큰 성취를 얻어서인지, 사람들은 그가 거만할 것이라고 생각했다. 뿐만 아니라 그의 실력도 과대 포장된 것이라 말하는 사람이 많았다.

시간이 흐르면 흐를수록 그 젊은 검사에 대한 오해는 커져만 갔다.

그러던 어느 날, 사람들의 그런 짐작을 단번에 깨는 사건이 있었다.

누구도 인정하지 않으려던 젊은 검사에게 SS급 퀘스트가 주어진 일이 그 시작이었다.

SS급은 세기에 한 번 나올까 말까 한 이례적인 대규모 퀘스트였다. 아더와 헥터도 받아보지 못한 SS급 퀘스트를 그 젊은 검사가 받은 것이다.

그것도 황실로부터.

황실이 아더 혹은 헥터가 아닌 그 젊은 검사에게 그 정도의 퀘스트를 내렸다는 사실에 검사계가 크게 한 번 떠들썩했다.

모두가 그 젊은 검사가 SS급 퀘스트를 보기 좋게 실패하기를 기다렸다.

그리고 대부분 실패할 거라 확신했다.

그 퀘스트가 괜히 SS급의 판정을 받은 게 아니었다.

당시 그 시대에는 건너편 마계의 마족들이 갓 중간계로 내려오던 시기였다. 천천히, 그리고 조금씩 그들의 세력을 확장해 가던 초창기였다.

그 젊은 검사에게는 그들의 터 중 가장 큰 곳, 그러니까 마족들을 이끄는 악마가 자리 잡고 있는 곳을 찾아내라는 퀘스트가 주어졌다.

물론 마족들이 어느 지역에 분포해 있는지는 분명하게 드러나 있다. 그 지역으로 일정선을 넘어간 사람은 더 이상 이 세상 사람이 아니니 쉽게 알 수 있는 부분이었다.

다만 황실에서 알고 싶어 하는 건, 그들이 똬리를 틀고 있는 정확한 장소와 그 모습, 그리고 그들이 무엇을 하고 있는지에 대한 것이었다.

지금 황실에서 알고 있는 건, 마족들이 중간계에 자리 잡은 곳을 중심으로 한 아주 넓은 테두리뿐이었다. 황실은 그것보다 더 많고 자세한 정보를 필요로 했다.

분명 마족은 중간계에서 추방해야 할 대상이었다.

그렇게 하기 위해서는 정보가 필요했다. 적을 알고 나를 알면 필승이라는 건 전쟁에 있어 가장 기본적인 전술이었다.

그렇기 때문에 황실에서도 그들에 대해 알아보려고 노력했다.

하지만 황실에서 보낸 꽤나 유망한 기사단들이 그 테두리 안으로 들어가는 족족 소식이 끊겼다. 1년이고 2년이 지나도 그 누구도 되돌아오지 않았다.

정보를 수집하게 위해 나선 기사단에는 황실의 정규 기사단 한 곳도 포함되어 있었다.

이렇게 되자 황실의 위상이 서지 않았다.

확실한 성과가 있을 거라는 보장 없이 정예의 황실 기사단을 또 보낼 수는 없었다.

또 실패한다면 당시 흉흉했던 민심이 얼마나 크게 틀어질지 예상조차 할 수 없었다.

그랬기 때문에 황실에서는 특단의 조치를 필요로 했다.

최고의 검사에게 그 중요한 임무를 맡긴 것이다.

물론 민심을 다시 회복하기 위한 조치가 아니었다.

황실에서는 그 젊은 검사의 숨겨진 잠재력을 믿고 싶어 했다.

아더, 헥터와 몇 번 일을 해본 결과, 황실은 이미 그들의 무력에 대해서 잘 알고 있었다. 확실히 황실의 한 기사단을 상대로도 압승을 거둘 수 있을 정도로 그들은 인간의 범주를 벗어난 검사라 할 수 있었다.

그렇지만 마족들을 염탐하기에는 부족하다는 느낌을 지울 수 없었다.

지금까지 황실에서 본 피해는 막대했다.

그 피해의 정도를 고려해 보면, 아더와 헥터가 이 임무를 완수해 낸다는 보장이 없었다.

이후 머지않은 미래에 있을 마족들과의 전쟁에 대비해 아더와 헥터를 그런 위험한 임무에 보낼 황실이 아니었다.

하지만 그 젊은 검사에 대한 황실의 입장은 조금 달랐다.

젊은 나이에 아더와 헥터의 권위에 도전할 정도로 성장해 버린 젊은 검사.

황실은 밑져야 본전이라는 셈 치고 그 젊은 검사에게 유례없는 SS급 퀘스트를 내렸고, 그는 받아들였다.

모두가 그의 실패를 확신하고 있다는 사실을 알고 있었지만, 그 젊은 검사는 헬스 게이트(Hell' s Gate)라고 불리던 매카토니에 주저없이 갔다.

매카토니는 대륙에서 가장 못사는 사람들이 모인 곳이었다. 그 어디에서도 받아주지 않는 난민들, 황실의 눈을 피해야만 하는 범죄자들, 각자의 고향에서 쫓기다시피 떠나온 병자들.

마족들이 세력을 확장하는 최전방에는 황실의 최정예 기사단 대신 그런 그들이 자리 잡고 있었다.

그 젊은 검사는 황폐하기 짝이 없는 매카토니에 머무르기 시작했다.

고사에 따르면, 그 검사는 그곳의 마을을 둘러보면서 시간을 보냈다고 했다.

분명 검사가 그곳에서 보내는 시간이 하루를 지나면 안 됐다.

그의 임무는 마족의 본거지를 찾는 것이었다.

채비를 하고 헬스 게이트를 지나 지옥으로 들어가야 하는 게 그의 임무였다.

하지만 검사는 일주일, 그리고 또 일주일. 한 달이 다 되어가서도 매카토니를 떠나지 않았다. 그렇다고 그곳을 중심으로 매카토니의 주위를 둘러보는 것도 아니었다.

그는 하루 일과를 매카토니 안에서 보내었다.

그러자 황실은 물론 모든 사람들이 그 이유를 궁금해했다. 그들의 호기심이 얼마나 컸던지, 그 근처에도 가려 하지 않

던 정보 단체가 직접 발 벗고 나서 매카토니에 요원을 보냈
다.

　요원이 가져온 정보는 대륙을 한 차례 뒤흔들었다.

　그 젊은 검사는 매카토니에 머물면서 온갖 허드렛일을 도
맡아서 하고 있다는 정보였다.

　주민들과 함께 모두를 위한 집을 짓기도 하고, 의학에 조예
가 깊어 병이 깊은 병자들의 건강이 조금은 더 호전될 수 있
게 돕고, 언제나 식량난이 끊이지 않자 주위에 밭도 갈고, 과
수원을 일구기도 했다.

　검에 있어서 세 손가락에 꼽히는 사람이 자신의 돈과 시간
을 허비해 가면서 매카토니를 허울만 마을이 아닌, 속까지도
알찬 꽤나 살기 좋은 마을로 만들고 있었다.

　마을 사람들은 그를 구세주로 칭송했다.

　매카토니의 주민은 삶에 연연해하지 않았다. 이미 모두에
게 버려졌고, 지금의 삶에서 그 어떠한 기쁨도 얻을 수 없었
기 때문이다. 무엇보다도 앞으로의 삶이 나아질 기미는 그 어
디에서도 찾아볼 수 없었다.

　그랬기 때문에 매카토니에 사는 것이었다.

　세상에서 자신들을 받아주는 곳은 매카토니밖에 없었고,
오늘 죽으나 내일 죽으나 미련이 없었기 때문에 지옥과 가장
가까운 헬스 게이트라는 악명의 매카토니에 살고 있었던 것

이다.

하지만 이제는 달랐다.

편히 잠잘 수 있는 곳이 생겼고, 굶주리지 않아도 되었다. 밭과 과수원까지 일구었으니 열심히만 일한다면 앞으로도 그럴 일이 없을 것이다.

중간계를 침범하는 마족들이 코앞에 있지만, 황실에서도 이번에 대대적인 토벌에 나설 작정인지 삼대검사 중 한 명인 이 젊은 검사를 보냈다.

어쩌면 이제부터는 정말 사람처럼 살 수 있을지도 모른다.

매카토니 주민들은 희망을 갖기 시작했다.

이미 자신의 집이 지어진 사람들도, 남의 집을 짓기 위해 검사를 도왔고, 집을 짓기에는 너무 연약한 이들은 누가 시키지 않았는 데도 잡일을 처리하기 시작했다.

언제부턴가 사람들이 콧노래도 흥얼거렸다.

하루 종일 죽어라 일을 하고 있었지만, 그들의 얼굴에는 미소가 지어져 있었다.

그들은 즐거워했다.

고된 노동 후에도 저녁을 먹으면서 농담도 나눴고, 큰 불가 주위에서 춤도 추었다.

예전처럼 반쯤 뜬 눈으로 멍하니 아무것도 하지 않는, 그런

무의미한 하루를 보내는 사람은 단 한 명도 없었다.

매카토니의 주민들은 그 검사를 성인으로 칭송했다.

단순히 의식주를 해결해 주어서가 아니었다. 의식주 역시 한몫을 거들었지만, 그 젊은 검사가 심어준 희망은 그뿐만이 아니었다.

그 젊은 검사는 자기가 직접 집을 짓기 시작했고, 자신의 가족인 양 병자들을 지극 정성으로 돌봤고, 말과 소들보다도 열심히 밭을 갈았다.

초기에 드는 돈 역시 그 검사가 모두 처리했다.

뿐만 아니라 이 젊은 검사는 그들 사이에서 가장 흥겹게 노래를 부르며 춤췄고, 술을 흥청 퍼부어 마시면서 동네 사내들과 온갖 음담패설도 나눴다.

젊은 나이에 손꼽히는 검사가 그들과 거리낌없이 어울리는 모습만으로도 주민들은 가슴이 벅차오르는 감정을 느꼈다.

그에겐 귀족 특유의 거들먹거림이 없었다.

보통 평민들도 수억 마리의 개미 중 하나로 치부해 버리는 귀족들인데, 그런 평민들에게도 버림받은 이들이 모인 매카토니의 주민을 한 인격체로 대접하는 위대한 검사는 성인으로 칭송받기에 조금도 부족함이 없었다.

물론 뒤에서 이 모든 사실들을 보고받고 있는 귀족들의 생각은 조금 달랐다.

그들은 그 젊은 검사의 선행을 끝도 없이 깎아내렸다.

헬스 게이트를 넘어설 용기가 없기 때문에 시간을 끌고 있는 것에 불과하다.

매카토니의 주민들이 들었다면 격분하다 못해 당장에 농기구를 든 채로 귀족들에게 달려들었을 말이지만, 수천 마일이나 떨어진 먼 곳에서의 가십이었다.

그 젊은 검사가 매카토니에 머무른 지 두 달이 다 되어가던 때였다.

갑자기 농작물들이 시들시들해지기 시작했다.

뿐만 아니라 푸르기 짝이 없던 하늘에 보랏빛이 감돌기 시작했다.

항상 은은한 미소를 걸고 있던 젊은 검사의 입이 굳게 닫힌 건 그때부터였다.

그는 더 이상 농사에도, 집 짓기에도 참여하지 않았다. 대신 아침 일찍 매카토니를 떠나 밤늦게 들어왔다. 드디어 그의 임무에 충실하기 시작한 것이었다.

농작물들이 모두 죽고, 하늘에 더 이상 파란빛이 서려 있지 않게 된 이 주 후의 일이었다.

항상 단정하기만 하던 젊은 검사가 너덜너덜해지다 못해, 찢기기까지 해 군데군데 속살이 드러날 정도로 망가진 옷을 입은 채 매카토니에 나타났다. 주민들을 놀라게 한 건 그의 옷차림이 아니었다.

옷이 찢긴 틈에 드러나는 게 흰 속살이 아닌, 깊은 상처라는 사실에 주민들은 경악했다.

그 젊은 검사가 살아서 매카토니에 돌아왔다는 것 자체가 기적이었다.

젊은 검사는 그런 와중에서도 자신보다는 주민들을 챙기기 급급했다.

그는 주민들에게 매카토니를 당장 떠나라고 했다.

마족들이 움직이기 시작했고, 그들이 지금 이 시각에도 이곳으로 내려오고 있으니 당장 떠나라고 했다.

젊은 검사의 말에 그들은 황급히 짐을 챙기기 시작했다. 사실 그들에게 특별한 금은보화나 중요한 가보 같은 게 없었기 때문에 채비는 금세 갖춰졌다.

주민들이 모두 함께 떠나려던 찰나였다.

매카토니의 주민들은 떠나려는 무리에 젊은 검사가 보이지 않는다는 사실을 금세 알아챘다.

그의 처소에 찾아간 주민들은 젊은 검사가 검을 갈고 있는 모습을 보게 되었다. 온몸에 붕대를 감은 채 정성을 다해 검을 갈고 있는 모습은 경건하게까지 느껴졌다. 주민들은 마족들이 내려오고 있는 급박한 상황마저 잊고, 그 모습을 가만히 지켜봤다.

이때 젊은 검사와 촌장의 대화는 그날 촌장의 일기에 남겨져 대륙의 역사에 기록되었다.

기록에는 이렇게 남겨져 있다.

―나는 근심에 가득 찬 눈으로 검을 갈고 있는 '그'에게 물었다.

"안 가십니까?"

어조가 살짝 떨렸다.

그의 답을 듣지는 않았지만 이상하게도 그냥 알 수 있었다.

'그'는 뒤를 살짝 돌아보았다.

"황실에 보고를 했으니 곧 황실의 최정예 기사단들이 도착할 것입니다. 저는 여기서 그들을 맞이하여 같이 마족들을 토벌해야 하지 않겠습니까?"

희미한 미소에 눈웃음까지 치는 '그'였다.

주위의 주민들은 고개를 끄덕이며 수긍하는데, 하늘의 부름을 받을 나이에 이르렀을 정도로 나이를 먹어서인지 나는 그를 의심할 수밖에 없었다.

나는 황실에서 이곳까지의 거리를 잘 알고 있었다. 족히 한두 달은 걸리는 거리다. 그것도 기마대를 기준으로 했을 때.

뿐만 아니라 나는 지금의 매카토니가 몇 달은커녕 한 주도 버틸 수 없다는 사실을 알고 있었다.

주위의 기운이 그것을 말해주고 있었다.

그 모든 것을 따지기 위해 내가 미처 입을 열기도 전이었다.

나는 '그'의 시선을 받았다.

웃고 있었다.

아까보다 더욱 힘겹게 웃고 있었다.

나는 '그'가 자신에게 전하고자 하는 바를 알아들었다.

더 이상 힘들게 하지 말아주세요. 부탁입니다. 더 이상 묻지 말고, 그냥 가주세요.

그 시선을 받으면서 나는 이상하게도 시야가 희뿌옇게 변하는 현상을 경험했다. 사람의 눈을 보고 있는 것만으로도 견딜 수 없는 통한이 느껴지는 건 내 긴 생애 처음이었다.

그 눈빛을 통해 나는 모든 상황이 명확하게 들어왔다.

황실의 기사단은 오지 않는다.

분명 이 젊은 검사의 임무는 전략적인 계획을 세우기 위한 정보 수집이었다.

애초에 정면으로 마족들을 맞서려 했다면, 이 젊은 검사 한 명 대신에 모든 기사단을 동원해 왔을 것이다.

게다 황실의 기사단이 올 것이라면, 이 위험하기 짝이 없는 매카토니에 남는 것보다 주민들과 함께 남하하면서 황실 기사단과 일찍 만나는 게 낫다.

이 모든 사실을 추론하고 나자 지금 이 젊은 검사가 무슨 생각을 하고 있는지 알 수 있었다.

마족들이 매카토니 코앞에 있는 게 분명했다.

그것도 우리가 안전한 곳까지 내려갈 틈도 없을 정도로 가까운 게 확실했다.

그래서 이 젊은 검사는 우리를 위해 시간을 벌어주기 위해 남는 것이고.

나는 잠시 '그'를 가만히 마주 봤다.

뒤의 주민들이 보지 않게 황급히 눈물을 훔치고 나니 '그'의 모습이 눈에 확연하게 드러났다.

이제 겨우 30대 초반에 들어선 젊은 검사였다.

나는 앞으로 창창한 자신의 미래를 버리면서까지 우리와 같은 인생의 낙오자들을 구하려고 한다.

나는 힘겹게 입을 열었다.

"당연히 이곳에 남으셔서 황실의 기사단과 함께 못된 마족들을 무찌르셔야죠!"

애써 밝게 말했다.

하지만 그래서인지 더 바보같이 들렸다.

다시 눈물이 고이려는 걸 가까스로 참았다.

나이가 먹으면 먹을수록 느는 건 능청스러움뿐인 모양인지 그 위험한 감정의 변화를 주민들에게 쉽게 숨길 수 있었다.

'그'는 감사의 눈빛을 보내며 고개를 끄덕였다.

"다른 곳에 자리를 잡아 이곳보다 더 좋은 마을을 만드세요. 여러분들이라면 하실 수 있습니다."

'그'는 우리를 받아줄 마을이 없다는 사실을 잘 알고 있었다. 그리고 마지막까지도 우리에게 희망을 심어주고 있었다.

정말 몸이 부르르 떨린다.

내가 신이었다면!

이 젊은 검사에게 힘을 내려줘 모든 마족들을 단번에 죽여버릴 수 있는 신위를 부여할 텐데!

정말 원통하다.

어째서 신은 '그'를 등져 버리는 것일까!

우리의 그 누구보다도 크게 된 인물이고, 세상의 그 누구보다도 크게 될 수 있는 잠재력을 지닌 인물이 왜 이곳에서 스러져야 하는 것일까!

"이제 가세요. 마중하지는 않겠습니다."

그의 어조에 급박함이 서려 있었다.

생각보다 마족들이 가까이 와 있는 모양이었다. 며칠은 있는 줄 알았는데, 하루의 여유도 없을 줄이야.

나는 갑자기 깨달은 생각에 이마를 탁! 쳤다.

젊은 나이에 '그'와 같은 깊은 생각을 가지기 위해서는 어떤 경험을 겪어야 할까?

그는 마족이 언제 들이닥칠지 모르는 와중에서도 우리가 채비할 수 있는 시간을 주었다. 당장에 떠나야 하는 상황에서도 우리에게 여유를 주기 위해서 기다려 주고 있었다.

적어도 지금까지는…….

나는 터져 나오는 감정을 감추기 위해 입술을 깨물었다.

"지금까지 감사했습니다. 꼭 마족들을 이 세계에서 몰아내어 조금 더 평화로운 대륙을 만들어주시기를……."

더 이상 말을 이을 수가 없었다.

더 이상 '그'를 지켜볼 자신도 없었다.

나는 황급히 뒤를 돌아 주민들 사이를 지나 그들에게 말했다.

"이제 갑시다. 대륙의 동쪽, 이스란 지방에 괜찮은 터가 있다고 들었습니다. 일찍 출발하면 겨울이 오기 전에 어느 정도 자리 잡을 수 있을 것입니다.”

어느새 눈물이 볼을 타고 흘러 주민들을 돌아볼 틈도 없었다.

주민들의 답을 듣기도 전에 나는 걷기 시작했다.

그때 등 뒤에서 작은 목소리가 들려왔다.

“아저씨, 우리랑 같이 가면 안 돼?”

눈물을 흘리고 있는 추태를 잊고 뒤를 돌아봤다.

희멀건 눈동자를 반짝이는 아이, 마리였다.

마리는 ‘그’의 투박한 손을 붙잡으며, 그 누구보다도 순수한 음색으로 묻고 있었다.

‘그’는 마리의 머리를 쓰다듬으며 미소를 지었다.

여전히 힘이 없어 보였다.

“후후, 난 세계 평화를 위해 싸워야 한단다. 나쁜 악당들을 혼내줘야 하지 않겠니?”

마리는 힘차게 고개를 끄덕였다.

“그럼 이제 가거라. 촌장님이 이곳보다 더 좋은 곳으로 데려다 줄 거야.”

마리는 ‘그’를 올려다봤다.

“아저씨도 못된 애들 다 혼내고 올 거지?”

‘그’의 눈동자가 한없이 흔들린다.

항상 자신감에 가득 찬 모습을 보다 그가 흔들리는 모습을 보니 미칠 것만 같았다.

이렇게 그냥 떠나려는 내가 겁쟁이 같다.

하루가 지나면 지날수록 내가 무기력하다는 사실이 더욱 뚜렷하게 느껴지지만 오늘은 그 정도가 심했다.

내 나이의 반절도 되지 않는 젊은이를 사지에 내버려 둔다는 사실이 괴로웠다.

"당연하지~"

애써 밝게 말하지만 목소리가 심각하게 떨리고 있었다.

이대로 '그'를 남겨둔다는 건 정말 옳지 않았다. 마음 같아서는 같이 남아주고 싶었다. 물론 주민들에겐 마족을 맞설 만한 무력은 없었다.

그렇지만 홀로 고독하게 죽는 것보다는 훨씬 낫다.

하지만 그렇게 할 수는 없었다.

주민들은 살아야 했다. 이제야 삶의 희망을 찾은 이들이다.

이기적이라고 욕하겠지만 아직 세상의 반의반도 경험하지 못한 어린아이들도 있었고, 세상의 반의반 정도는 살았어도 아직 세상의 참맛을 경험하지 못한 사람들이 부지기수였다.

그들에게는 제대로 된 삶을 살 권리가 있었다.

그때였다.

"……."

나는 내 눈을 믿을 수가 없었다.

"히히, 약속한 거다!"

마리가 웃었다.

너무도 옅어 정말 웃고 있는 것인지 의문을 가지게 할 정도였지만, 그녀는 분명 웃고 있었다.

마리는 정신지체아였다.

항상 희멀건 눈으로 멀뚱히 사람을 바라볼 뿐, 단 한 번도 미소를 띤 적이 없었다.

그 어떤 상황에서도 밝은 감정을 표현하거나 짐작하게 할 만한 미세한 표정의 변화도 일체 없었다.

나는 떨리는 몸을 가누며 주민들과 시선을 교환했다.

모두가 조금씩 겁에 질린 얼굴들이었다.

하늘에 낀 마가 크게 작용하고 있었다.

하지만 크게 걱정을 하고 있는 모습은 아니었다. 그들의 눈이 '그'에 대한 신뢰를 고스란히 담고 있었다.

나는 마른침을 삼켰다.

"알론소."

알론소는 체격도 좋고, 머리도 뛰어난 아이였다. 무엇보다도 내가 믿을 수 있는 아이였다.

"아녀자들을 데리고 이스란 지방, 고뎀 마을의 촌장 수만을 찾아가라. 그라면 분명 터를 잡게 도와줄 것이다.”

알론소는 물론, 주민들 모두가 의문에 가득 찬 눈으로 나를 돌아봤다.

“검을 조금이라도 쓸 수 있는 장한들은 나와 함께 이곳에 남아줬으면 하네.”

무슨 말을 하고 있는 건지 모르겠다. 나는 살고 싶다. 그리고 앞날이 창창한 마리와 같은 아이들이 성장하는 모습을 보고 싶다.

하지만 내 입은 제멋대로 움직이고 있었다.

“가장 혹은 사랑하는 여인이 있는 사내는 남지 않아도 좋네. 하지만 그 외의 사람들은 남아줬으면 좋겠네. 명령도 아니고, 그 어떤 의무도 아니니 자신의 목숨을 소중하게 여긴다면 알론소와 함께 떠나도 상관없네.”

사실 떠나는 주는 게 나을지도 모른다.

“하지만 나는 남겠네.”

주민들은 많이 혼란스러워하는 표정이었다.

나 같은 늙은이가 ‘그’의 임무에 짐이 되려고 환장한 게 아닌 것인가 생각하는 사람도 있었다.

하지만 눈치가 빠른 몇은 지금의 상황을 파악해 냈다.

“빌어먹을, 나도 남겠소. 거, 인생이라는 게 원래 한바탕 신나게 놀고 가는 거 아니겠소? 난 충분히 놀았으니 이제는 아무 미련도 없소.”

놀랍게도 가장 먼저 상황을 파악하고, 목숨까지 바친다고 선언한 이는 불한당 에쉬였다. 항상 말썽만 일으키고, ‘그’가 마을을 재건한 이후에도 도둑질, 폭력을 서슴지 않던 이였다.

쾅!

마을에서 가장 덩치가 좋은 도나반이 발로 땅을 세게 밟았다.

“황실의 최정예 기사단? 훗, 웃기는 소리하고 계시네. 내가 용병밥을 조금 먹어봐서 아는데, 그 거만한 녀석들이 이 촌구석까지 올라올 리가 없어. 나중에 마족이 자기네 동네에 들이닥치면 모를까, 이런 후미진 곳을 사람이 사는 곳이라고도 생각하지 않는 녀석들이야. 그딴 녀석들은 필요없어! 내 집은 내가 지켜!”

한때는 꽤나 이름 있는 용병단장이었던 도나반의 말이 꽤나 신빙성있게 들렸을까?

그제야 지금 일이 어떻게 돌아가고 있는지 깨달은 주민들이 격분하기 시작했다.

“아나, 젠장! 검사님의 거짓말에 완전히 속아 넘어갔네. 하마터면 검사님을 방패막이로 써서 도망가는 꼴이 될 뻔했잖아! 이 화려한 사나이 켄이 그런 꼴불견을 보인다고 생각만 해도…… 으으!"

그렇게 그들의 분노는 불붙었다.

모든 사내들이 남기로 결정했다. 뿐만 아니라 아녀자들 역시 죽어도 떠나지 않겠다고 못을 박았다. 아이러니하게도, 정말 죽게 될 텐데 말이다.

나는 그때 주민을 둘러보던 '그'의 눈빛을 봤다. 내가 죽어서도 잊지 못할 눈빛!

그 어떤 때보다 반짝이는 눈빛에서 나는 그가 크게 감동했음을 느낄 수 있었다.

그 모습을 보고 나서야 나는 갑갑한 가슴이 뻥 뚫린 느낌을 받았다.

속이 정말 시원했다.

항상 '그'에게 받기만 하고, 어떻게 하면 그 은혜를 갚을 수 있을까 고민한 날이 수두룩했다.

조금이라도 갚을 수 있으면 좋겠다고 생각했는데…….

눈가에 눈물이 흐르고 있으면서도, 입가에는 함박웃음이 피어났다.

'그'는 심하게 떨리는 입술을 열었다.

"정말 가셔야 하는데, 지금 당장 떠나셔야 하는데…….."

진심이라는 게 느껴진다. 그래서 '그'를 좋아할 수밖에 없었다. 그 어떤 구석에도 가식을 찾을 수 없는, 인간적인 '그'

를 싫어할 수가 없었다.

"이미 늦었는데, 상관없지 않겠습니까?"

난 웃어 보였다.

억지로 지은 게 아니었다. 내 선택에 대한 결과가 어떠할지 알고 있으면서도 나는 웃고 있었다.

'그'는 주민을 쭉 둘러보며 한숨을 쉬었다.

그리고 고개를 절레절레 흔들며 자리에 털썩 주저앉아 다시 검을 갈기 시작했다.

어째 그의 모습은 즐거워 보였다.

아까와 같은 슬픔은 그 어디에도 보이지 않았다.

후회할지도 모른다.

이스란 지방에서의 적응은 힘들겠지만, 일단 적응을 하면 이들은 정상적인 삶을 살 수 있게 될 것이다. 그 모든 것을 희생한다고 생각하니 후회가 된다.

하지만 애초에 무에서 유를 창조한 사람이 '그'였다.

'그'에게 이렇게나마 보답을 할 수 있다면, 나는 그것으로 충분했다.

주민들의 얼굴을 보면서 그들 역시 나와 같은 생각을 하고 있는 게 보였다.

분명 죽어서 후회할 것이다.

하지만 지금만큼은 눈곱만큼의 후회도 되지 않는다.

　오히려 내 인생 처음으로 숭고한 결정을 내렸다는 생각에 가슴이 벅차올랐다.

　내 비록 죽음을 맞겠지만, 그 죽음은 결코 초라하지 않을 것이다.

　'그' 와 함께이니…….

　"그렇게 촌장의 일기는 끝나요. 모두가 알다시피 매카토니는 정확하게 삼 일 후, 대륙에서 깨끗이 지워집니다. 이 이야기의 끝은 매카토니 참사의 유일한 생존자인 한 어린 소년에 의해 채워집니다."

　이 평범하기 짝이 없는 레퍼토리의 영웅 이야기에 하품이 저절로 새어 나온다.

　처음에는 예쁜 여교수님에게 강의를 받는다는 사실이 즐겁기만 했는데, 역시 사람은 외모로 판단해서는 안 될 일이었다.

　"소년은 마족의 외양과 그들의 무력을 흥미롭게 묘사했지만, 그 부분은 그냥 넘어갈게요. 제가 짚고 싶은 건 '그' 가 마지막에 남긴 말이에요."

　검은 단발 머리와 갈색 눈동자가 누군가를 연상하게 하는 교수는 잠시 주위 학생들을 둘러보았다.

　그리고는 이윽고 그녀의 작은 입술을 열었다.

"'그'는 마족들을 이끄는 악마와의 결전에서 죽음의 냄새를 맡았음에도 불구하고, '와라. 내가 바로 무속성의 검사 주몬이다. 오늘의 전투에서는 패배할지 몰라도 전쟁에서는 이길 것이고, 너희가 오늘은 축배를 들지 몰라도 그 자리에 너는 없을 것이다!' 라고 자신있게 외쳤어요. 엄청난 수적 우세에 있는 마족들이 섬뜩해할 정도로."

유치하기 짝이 없는 대사였지만 왠지 모르게 가슴이 뜨거워졌다.

분명 수많은 마족들은 물론 그보다 무서운 악마와 마주하고 있었을 텐데…….

"그리고 그의 말 그대로 악마는 주몬의 손에 죽었답니다. 매카토니는 지워졌지만, 마족들의 힘은 크게 약화되었답니다. 악마의 존재 자체가 마족들의 힘을 증폭시켜 주는 역할을 하거든요. 힘이 급격히 떨어져서인지, 혹은 그들을 지도할 우두머리가 사라져서인지 마족들은 잠시 휴식기를 가졌답니다. 주몬이 마을 주민들과 함께 마족들의 남하를 제지하는 데 성공한 거죠. 만약 주몬이 그때 그 악마를 죽이지 못했다면, 이 중간계는 이미 마계의 지배를 받고 있을지도 몰라요. 주몬이 악마를 죽임으로써 그들의 침공을 연기시키지 못했다면, 황실의 정예 기사단이 채 정비되기도 전에 밀고 내려왔을 테니까요."

교수의 조금은 신비한 느낌의 눈동자가 반짝였다.

나를 뚫어져라 바라보는 것처럼 느껴져 얼굴이 다 화끈거렸다.

"이렇게 1차 차원대전이 막을 내립니다."

그녀에게는 묘한 매력이 있었다.

분명 나이가 어느 정도 들은 게 분명한데 어린 소녀처럼 아기자기한 드레스에 짧은 단발, 작은 이목구비는 내 안의 무엇인가를 자극했다.

"이렇게 주몬이 중간계에 마족을 몰아내는 데 크게 일조했지만, 저는 그런 부분보다는 그의 결단력을 높게 쳐요. 혹시 여러분도 그렇게 행동할 수 있나요? 모든 것을 저버리고, 자신의 신념대로 주저없이 선택할 수 있는 결단력이 있으신가요?"

"……."

강의실에 묘한 기류가 감돈다.

가슴이 한층 더 뜨거워진다.

그 정적이 오 분가량 이어졌을 때였다.

"오늘 수업은 여기까지 하겠어요."

교수가 강의실을 나가고 한참을 지나도 움직이는 학생은 단 한 명도 없었다.

주몬이 남기는 여운은 생각보다 컸다.

주몬의 이해.

지금까지는 주몬의 공식적인 공적에 수업의 초점이 맞춰져 있었다.

하지만 이제부터는 일화를 중심으로 한 그의 인간미를 배우기 시작했다.

"흐음."

인정하기는 싫지만 분명 생각할거리를 많이 주는 수업이었다.

"쳇."

그때였다.

누군가가 손을 들었다.

교수는 활짝 웃으며 입을 열었다.

"질문이 있으신가요?"

이제 막 일어서서 나가려고 하던 찰나였다.

정말 짜증난다.

"주몬이 원래 마족을 전부 몰아낸 거 아니었나요? 악마만 죽인 게 아니잖아요? 나중에 중앙 대륙군의 선봉장으로 활약하는 거 아닌가요? 그런데 매카토니에서 그렇게 죽어도 되나요?"

질문도 참 짜증나게 한다.

나는 강의실의 문 앞에서 멈췄다.

질문을 짜증나게 한다고 해서 질문이 흥미롭지 않은 건 아니었다.

교수는 활짝 핀 미소를 유지하며 말했다.

"누가 죽었다고 했나요?"

"……."

머리를 큰 쇠망치로 두들겨 맞은 기분이다.

마족이 폭풍처럼 밀려왔고, 그들을 맞은 건 주문과 더러운 흉악범 몇이 다였다.

당연하게도 매카토니는 지워졌다.

두뇌가 있는 사람이라면 폭풍을 맞선 사람들 역시 지워졌다는 뜻임을 알 수 있다.

질문을 한 평민이 다시 입을 열었다.

"그렇지만 마족이 전투에서 이겼……."

교수가 끼어들었다.

"다음 시간에 계속. 그럼 좋은 하루 보내세요!"

상큼한 윙크까지 해 보이며 그녀는 강의실을 나갔다.

강렬한 여운은 그녀가 나가서도 사라지지 않았다.

젠장.

다음 시간이 기다려지는 수업이 있을 줄이야.

2

“흐음.”

나는 침대에 누워 천장을 가만히 올려다봤다.

사실 천장의 구조에 관심이 있어서 보는 게 아니라 그냥 따로 시선을 둘 곳이 없어서였다.

무엇보다도 머리가 복잡하게 돌아가서인지 천장이 어떤 꼴인지 눈에 들어오지도 않았다.

‘사람은 혼자 있는 시간을 통해 자아를 찾는다.’

최근에 뻣뻣대마왕이 내게 해준 말이다.

평민들에게 노골적인 무시를 당하는 내가 그렇게 애처로워 보였던 것일까?

저절로 웃음이 새어 나왔다.

“내가 평민 따위랑 친해지고 싶어 하는 줄 알아!”

뻣뻣대마왕에게 위로를 받는다는 건 여러모로 치욕적이었다.

쾅!

“젠장.”

주먹으로 벽을 때려도 분이 삭여지지 않는다.

선거가 끝난 지 6개월이 넘었다.

내가 아직도 그 일에 대해 이렇게 연연하고 있는 게 마음에 안 들었다.

아니, 난 분명 평민들이 나를 싫어하든 말든 상관하지 않는다. 어차피 나도 놈들을 싫어하니, 그들이 날 좋아하든 싫어하든 별 상관 없었다.

적어도 지금까지는 그렇게 생각하고 있었다.

하지만 나는 잘 알고 있었다.

다른 평민들은 몰라도 깐깐안경, 뱁새눈이 나를 노골적으로 싫어함을 드러내는 것과 넙적얼굴과 환상얼굴, 그리고 착한몸매가 나를 어색해하는 건 기분이 상했다.

인정하기는 싫지만 사실이었다.

이 모두가 내게 멀어진 6개월 동안 나는 내게 친숙한 감정을 느껴야만 했다.

고독.

오랜 세월 동안 느껴왔던, 잠시 잊고 있었지만 다시 내게 찾아온 건 고독이었다.

나를 배신한 평민들에 대한 분노를 곱씹으며, 뻣뻣대마왕의 말을 곱씹었다.

'자아를 찾게 된다고?'

씁쓸한 미소가 지어진다.

아니, 뻣뻣대마왕에 대한, 그리고 나에 대한 비웃음이 지어졌다.

'결국에 나는 혼자일 수밖에 없다는 거냐!'

항상 그랬다.

나는 혼자였다.

혼자인 게 싫어 항상 파티에 참여하고, 친구들을 불러 흥청망청 돈을 쓰며 최대한 신나게 시간을 보냈다.

물론 그래도 나는 고독했다.

나와 시간을 보낸 그들은 친구의 울타리에 속하지 않았다.

단지 내 이름과 돈에 혹한 이들에 지나지 않는 놈들이었다. 시간이 지나면 지날수록 정이 붙기는커녕 그 사실이 더욱 또렷이 드러날 뿐이었다.

그때나 지금이나…….

고개를 돌렸다.

건너편에 깨끗한 침대가 놓여져 있었다.

한 단계의 반이 다 되어가는 시간이 지났건만 아프다는 룸메이트는 코빼기도 보이지 않는다.

물론 이 룸메이트라는 놈도 분명 보잘것없는 평민에 지나지 않겠지만, 그래도 요즘에는 그런 보잘것없는 룸메이트라도 있었으면 좋겠다는 생각이 든다.

쾅!

나는 다시 벽을 치며 고개를 흔들었다.

"내가 미쳤어? 평민 따위는 필요없어!"

약해지면 안 된다.

고독이 자아를 찾는 데 도움이 된다고?

고독은 정신병을 키운다.

정신병을 얻지 않기 위해서는 고독을 피해야 하는데, 평민의 세계에서 고귀한 내가 고독하지 않기란 불가능하다.

그렇다고 가만히 정신병을 얻을 수는 없다.

평민의 세계에서 고독을 피하는 방법은 있었다.

고독을 온전히 피하는 방법은 아니겠지만, 적어도 지금 느껴지는 쓰라림과 비참함은 지울 수 있는 매우 탁월한 방법이다.

"강해진다!"

내 피에는 검사의 피가 흐른다.

그 어떤 평민보다, 심지어 다른 귀족들보다도 고귀한 피가 흐른다.

나는 강해질 수 있다.

……그리고 실제로 강해졌다.

3

"하압!"

예전에는 기합 소리를 대충 냈다.

안 내면 하루 종일 잔소리를 하는 뻣뻣대마왕이 싫어서 형식적으로 내는 것에 불과했다.

하지만 이제는 기합이 얼마나 중요한지 알게 되었다.

검에 절도있게 휘둘러지고, 내면의 무슨 힘을 발산하는 느낌이 든다.

복잡한 이론은 잘 모르지만, 확실히 기합 소리를 내는 게 몸이 덜 피로하다.

나는 더블 스네이크 스텝을 밟으며 하이브리드 크로스를 연습했다.

더블 스네이크 스텝은 S자 두 개를 이어놓은 선 위에 발을 움직이는 것이고, 하이브리드 크로스는 완벽한 타이밍에 상대의 검과 자신의 검을 교차시켜 카운터 어택을 먹이는 고난이도 검술에 속했다.

아직 다른 1단계 학생들이 다루지 못한 주몬 검술의 응용 검술I 최종장에 속하는 부분이었지만, 뻣뻣대마왕은 내 성장 속도에 맞춰 진도를 나가고 있었다.

내 천재적인 재능을 생각해 보면 살짝 더딘 성장이기는 했지만, 그래도 다른 1단계의 학생들보다는 월등히 강해졌다는 걸 느낄 수 있었다.

"웃차!"

나는 격렬하게 스텝을 밟던 도중 절정이 되는 순간에 높게

도약했다. 그리고 순식간에 반 바퀴를 돌면서 내가 도는 것보다 훨씬 빠르게 검을 베며 땅에 내려섰다.

휘이―

강렬한 바람이 인다.

검끝에서 느껴지는 충만한 힘.

바위를 부수지는 못하겠지만, 그래도 금은 가게 할 수 있을 정도로 힘이 집중되어 있었다.

"이제 그만 하도록."

멀리서 팔짱을 낀 채 거만하게 지켜보던 뻣뻣대마왕이 말했다.

"하아."

나는 그제야 숨을 거칠게 내쉬며 미리 챙겨온 수건으로 땀을 닦았다.

검술에 있어 호흡 조절은 중요했다.

힘을 길게 주고 끊는 부분에서 호흡이 엉키면 돌이킬 수 없는 치명적인 결과를 야기할 수 있었다.

검을 놀릴 때는 몸이 필요로 하는 산소가 충분히 공급되지 않음에도 불구하고 참을 수밖에 없다는 말이다.

그래도 지금은 많이 나아진 셈이다.

처음에는 호흡 조절에 있어 크게 낭패를 봤다.

고난이도 동작일수록 펼치기 힘들어 오랫동안 수련을 제

대로 하지 못했다.

"무엇을 느꼈나?"

저 멀리 서 있던 뻣뻣대마왕이 코앞에서 물었다.

이제는 놈의 순간 이동 능력에 어느 정도 익숙해졌다.

도대체 발이 얼마나 빠른 건지…….

"뭘 느끼다니?"

항상 그렇지만, 뻣뻣대마왕의 말은 정말 뜬금없었다.

"오늘 수련을 하면서 무엇을 느꼈냐는 말이다."

나는 상의를 갈아입으며 눈살을 찌푸렸다.

안 그래도 힘들어 죽겠는데, 뻣뻣대마왕의 난해하기 짝이 없는 질문에 대한 답까지 생각해야 하다니.

"힘들어 죽겠다, 이 정도?"

원래는 옷을 갈아입기 전에 씻겠지만, 조금 있으면 발레키의 수업이 시작된다. 찝찝하기는 하지만 그래도 갈아입지 않은 채 수업에 들어가는 것보다는 나았다.

6개월 전보다야 체력이 월등히 좋아졌지만 뻣뻣대마왕은 항상 한계를 시험했다. 항상 보다 힘든 수련을 시켜 사람을 혹사시킨다.

뻣뻣대마왕은 가만히 나를 노려봤다.

분명히 '한심하기 짝이 없군' 이라는 시선이었다.

놈과 개인적으로 보내는 시간이 많다 보니 이제는 생각하지 않아도 단번에 놈의 표정 변화의 뜻을 읽을 수 있었다.

"그렇게 가만히 노려보지 않아도 답답하거든? 그냥 빨리 말해주면 안 되냐!"

어쩌면 내가 미쳐 가는 모습을 감상하는 게 그의 취미일지도 모른다.

뻣뻣대마왕의 검은 눈동자는 묘한 분위기를 자아냈다. 그 누구도 따라 할 수 없는 뻣뻣대마왕표 위압감이라고 할 수 있을까?

"너는 지금 한계에 부딪혔다."

"뭐?"

내 귀를 의심했다.

"너는 지난 한 달간 그 어떤 성장도 보이지 않았다. 그 정도는 알고 있겠지?"

"……."

나는 조금도 흔들리지 않는 뻣뻣대마왕의 눈을 똑바로 쳐다봤다.

"그게 무슨 말이야!"

"말 그대로다. 검에 조금 더 익숙해지기는 했겠지만, 그걸 특별한 성장이라고 볼 수는 없다. 단순한 기계적인 반복으로도 검에 익숙해지는 건 가능하다. 그런 건 성장이라고 할 수 없다."

“……..”

말문이 막혔다.

무엇인가를 말하고 싶었지만 그 어떤 말도 밖으로 나오지 않았다.

그것도 잠시,

하도 어처구니가 없어 놈에게 따졌다.

“내 재능이 겨우 이 정도라는 거냐? 겨우 이 정도의 검술밖에 이뤄내지 못한다는 거냐! 이 크리스티안 줄리어스 아신이!”

분명 지난 6개월 동안 피눈물 나는 수련을 거쳤다.

초기에 손과 발이 다 불어틀 정도로 열심히 수련했다. 굳은살이 박인 지금에도, 그 위에 다시 굳은살이 생길 정도로 쉼없이 수련했다.

내 인생에 무엇인가를 이 정도로 열심히 한 적이 없었고, 그 결과로 그 누구보다도 빠른 성장을 보였다. 명백한 사실이었다.

그렇지만 단 6개월 만으로 내 재능의 끝을 볼 정도로 빠른 성장을 했다고 생각되지는 않았다.

같은 1단계 학생과 비교해서는 최고지만, 4단계 학생들의 발끝에도 못 미치는 지금의 경지가 내 재능의 끝이라고 생각한 적은 단 한 번도 없었다.

정말 화가 났다.

“아니.”

“…….”

놈의 대답에 내 입이 허공중에 힘없이 뻥긋거리기 시작했다. 뻣뻣대마왕의 대답이 당연히 ‘그렇다’ 일 줄 알고 그에 대한 답변, ‘말도 안 돼. 내가 평민들보다 못한 재능을 지녔단 말이냐? 웃기고 자빠졌네’ 로 시작하는 말을 내뱉으려던 찰나였다.

그런데 놈의 대답은……

“아니라고?”

힘이 쫙 빠진다.

방금 전까지는 속이 부글부글 끓었는데 김이 새어버렸다.

뻣뻣대마왕은 간단히 고개를 끄덕였다.

“분명 너는 지금보다 훨씬 강해질 수 있다. 충분한 재능이 있다. 하지만 지금의 상태로서는 이게 네 한계다.”

“…….”

한계는 내 자존심을 건드리는 단어들 중 하나였다.

뻣뻣대마왕에게서 벌써 두 번째 듣는 단어이기에 내가 지금 느끼는 분노는 상당했다.

“그게 무슨 말이야! 지금보다 훨씬 강해질 수 있다면서 한계라니!”

"지금의 네 상태로서는 그렇다는 말이다."

"내 상태가 어떤데!"

뻣뻣대마왕은 나를 또다시 노려봤다.

가만히 바라보고만 있는 거지만 기분이 상당히 나빴다.

아까와 똑같이 '한심하기 짝이 없군' 이라고 말하는 것만 같았다.

"너는 생체 에너지를 조금도 사용하지 못한다. 근대에 쓰이는 검술의 개념은 생체 에너지를 응용한다는 걸 전제로 한다. 그런 면에서 너는 아직 검술에 입문도 못한 셈이지."

"……."

한 시간 만에 근육을 파열시키는 뻣뻣대마왕표 지옥 훈련이 뇌리에서 아른거린다.

건방진 평민들의 낯짝을 떠올리면서 죽어라 수련했던 6개월의 시간.

정말 시간이 나는 때마다 뻣뻣대마왕을 제 발로 찾아왔다. 내 발로, 내 의지로.

그 엄청난 희생을 하면서까지 강해지고 싶었다.

그런데…….

"내가 검술에 입문도 못했다고?"

입문은 말 그대로 그 분야를 갓 시작했다는 뜻이다. 첫걸음이라는 말이다.

　요하네스에 입학한 1년 동안 죽어라 수련만 한 나에게 어울리는 단어는 죽어도 아니란 말이다.

　"그렇다."

　뻣뻣대마왕은 너무도 쉽게 단정 지었다.

　조금도 주저없이.

　다리에 힘이 빠졌다.

　다른 사람이 아닌, 나를 직접 가르친 뻣뻣대마왕에게 들으니 가슴이 철렁했다.

　갑자기 내가 무능력하게 느껴졌다.

　카강!

　나는 홧김에 손에 들린 검을 집어 던졌다.

　숨이 거칠게 내쉬어졌다.

　화가 머리끝까지 치밀어 올랐다.

　태어나서 이 정도의 분노를 느껴본 적이 없었다. 누군가가 시비를 걸면 바로 상대의 목을 비틀어 버릴 수 있을 것만 같다.

　그때였다.

　짜악!

　고개가 획 돌려졌다.

　볼이 후끈거림과 동시에 따끔거렸다.

　나는 멍한 눈으로 뻣뻣대마왕을 바라봤다.

요하네스의 1년을 떠올려 보면, 뺏뺏대마왕과의 말싸움은 자주 있었지만 그가 내게 손찌검을 한 적은 단 한 번도 없었다.

하도 어처구니가 없어 아무 말도 나오지 않았다.

뺏뺏대마왕은 내가 노려보고 있든 말든, 내가 내팽개친 검을 회수했다.

그는 바닥에 내팽개쳐져 있는 내 검을 들어 올렸다.

"……."

내 착각일까?

뺏뺏대마왕의 하얀 피부가 창백해지고 있다는 느낌이 들었다.

평소에도 하얗지만, 지금은 한 달 내내 병상에 누워 있는 사람의 얼굴이었다.

핼쑥하기 짝이 없었다.

뺏뺏대마왕은 특유의 무감정한 눈으로 내 검을 노려보고 있었다. 손으로 이리저리 돌리면서 검을 유심히 살펴보는 놈이었다.

"좋은 검이군."

음성도 살짝 떨리는 느낌이었다.

물론 착각이겠지만…….

뺏뺏대마왕은 검을 황급히 내게 넘겼다.

내가 검을 넘겨받자 놈의 안색이 다시 평소로 돌아왔다. 참으로 기이한 현상이었다. 단순히 내 착각으로 여겨지기에는 너무나 뚜렷했다.

나는 놈에게서 넘겨받은 검을 가만히 바라봤다.

뭔가 특별한 구석이 있는 것일까?

사실 내 검은 고대로부터 내려오는 성검이고, 항마의 속성을 가지고 있어서 뻣뻣대마왕이 잡기만 하면 무기력하게 만드는 것일까?

"……."

검신이 얇고, 조금은 낡았다는 느낌이 들 정도로 수수한 검이라는 걸 떠올렸다.

고개를 세차게 내저었다.

내가 겪고 있는 정신적인 충격이 생각보다 심한 모양이었다.

뻣뻣대마왕은 태연한 기색으로 입을 열었다.

"네가 검술을 어떻게 생각하든 상관없다. 하지만 네 검에 대한 기본적인 예의를 지켜라."

"……."

뻣뻣대마왕에게 뺨을 맞아 화가 치밀어야 정상이거늘, 그의 말을 들음과 동시에 가슴이 차갑게 식었다.

놈에게 따질 기분이 아니었다.

그렇다고 수긍할 수도 없었다.

나는 놈의 부담스러운 눈빛을 피하기 위해 손에 들린 검을 바라봤다.

'어라?'

칙칙한 회색에 가까운 내 검이 새하얗다. 그뿐만 아니라 손에 잡힌 느낌이 좋았다. 애초에 균형이 잘 맞는 검이기에 편하기도 했지만, 무엇인가 힘이 샘솟는 듯한 기분이 느껴졌다.

이런 느낌이 처음은 아니었다.

곰곰이 생각해 보면 꽤나 여러 번, 이 검에 대한 착시 현상을 경험했다.

그때 뻣뻣대마왕의 목소리가 들려왔다.

"벽을 갈라봐라."

"……."

너무 어이가 없어 비웃을 수도 없었다.

"제정신이냐?"

뻣뻣대마왕이 진심으로 걱정되기 시작했다.

내 동정의 눈빛을 읽었을까?

"하라고 했다."

뻣뻣대마왕은 짜증이 난다는 듯 거칠게 내뱉었다.

"쳇."

오랜만에 맛보는 '아이스 빔'에 내 몸은 어느새 자세를 잡고 있었다.

어째 이 '아이스 빔'은 세월이 흐를수록 강렬해지는 것만 같았다.

'흐음.'

검이 제멋대로 꿈틀거리고 있는 느낌이 들었다.

분명 내 눈으로 검이 가만히 내 손에 들려 있는 것을 보고 있음에도 검에게서 폭발적인 힘이 느껴졌다.

휘익.

이번에는 내 손이 멋대로 검을 휘둘러 버렸다. 검의 폭발적인 힘을 발산하지 않고는 배길 수 없는 느낌에 의해.

카룽!

"······."

이번에도 내 의사와는 상관없이 입이 쫙 벌어졌다. 추태일게 분명했지만 지금 그런 것에는 신경 쓰이지 않았다.

눈앞의 광경은 믿기 힘들 정도였다.

강의실의 벽에 긴 일직선이 생겼다. 단순히 누가 색칠했다 싶은, 얇은 일직선이 아니었다. 이야기에나 나올 법한 늑대인간이 벽을 할퀴었다고 생각될 정도로 깊숙하게 파인 일직선이었다.

이 강의실은 실내 수련을 위한 곳이다 보니 벽이 비상식적으로 두껍고, 재질 역시 듣도 보도 못한 단단함을 자랑했다.

아직 내 실력으로는 작은 흠집조차 낼 수 없는 그런 벽이란 말이었다.

그런데 벽의 저쪽 편이 보이는 작은 구멍까지 생길 정도로 검상이 깊게 자리하고 있었다.

"……."

나는 가만히 '결과'를 바라봤다. 모든 '결과'에는 '원인'이 존재하게 된다. 나는 '원인'을 곰곰이 생각해 봤다. 사실 이런 이해할 수 없는 '결과'를 목격한 게 처음은 아니었다. 예전에 뱁새눈을 향해 검을 휘둘렀을 때와 주먹코를 향해 검을 휘둘렀을 때도 이런 비상식적인 '결과'가 돌출되었다.

나는 이 세 '결과'가 하나의 '원인'에 의한 것이라는 느낌이 들었다.

나는 내 명석한 두뇌의 뛰어난 추리력을 응용하여 이 애매모호한 퍼즐들을 맞춰 나가기 시작했다. 두뇌에 이상이 생길 정도로 깊게 생각했다.

그리고 결론이 나왔다.

이 엄청난 '결과'의 '원인'은 바로…….

"역시 난 천재?"

내가 말하고도 머쓱해서 머리를 긁적였다. 방금 전에까지 벽에 흠집을 낼 수 있는 실력도 없었는데 지금은 벽을 가를 수 있었다.

여기까지 생각이 미치자 나는 내 천재성에 두려움을 느끼기 시작했다.

내 존재를 알게 되면, 세상을 지배하려는 악인들이 나를 포섭 혹은 죽여 버리려고 하지 않을까? 아니, 악당들은 대부분 속이 좁으니까 나를 죽이려 들 게 분명했다.

등골이 써늘해졌다.

'신은 공평하다고 했던가. 내게는 천재성을 부여함과 동시에 온갖 속 좁은 놈들의 질투심을 이겨내야 하는 시련까지 주셨으니!'

신이 세상을 운영하는 오묘한 비밀을 하나 들춰냈다는 쾌감에 몸이 부르르 떨렸다.

그때 내 핑크빛 생각을 와장창 깨는 목소리가 들려왔다.

"미쳤나?"

나는 질투심에 가득 찬 악당 1호, 뻣뻣대마왕을 보며 혀를 찼다.

"언제나 그렇듯 천재적인 영웅들에게는 시련이 있으니, 나에게는 그게 너구나."

뻣뻣대마왕의 질투심에―경멸의 빛에 가깝기는 했지만―가

득 찬 눈으로 날 노려봤다. 만약 눈빛만으로도 사람을 벨 수 있다면, 분명 뻣뻣대마왕이 그 경지에 가장 근접한 사람이라고 생각된다.

"지금 이 실력이 네 것이라고 생각되나?"

이건 또 무슨 뜬금없는 소리인가.

"당연하지!"

의심할 여지가 없었다.

"너도 봤잖아? 내가 검을 휘두르니까 벽이 갈라지는 걸 봤잖아. 쯧쯧, 그래도 현실을 받아들이지 않는 어리석은 악당은 아니라고 생각했는데."

그 어떤 영웅의 이야기를 읽어도 악당의 두 종류를 볼 수 있다. 한 악당은 현실을 받아들이지 않고 영웅을 무시하기 일쑤다. 그리고 항상 영웅에게 깨진다. 다른 한 악당은 현실을 받아들이고, 영웅을 조심한다. 이 악당은 장수하고, 꽤 대단한 놈일 경우 최종 보스로 출연한다.

나는 코베를 엑스트라 악당, 뻣뻣대마왕을 최종 보스로 생각하고 있었는데…….

"너도 겨우 그 정도였어?"

뻣뻣대마왕은 차가운 현실을 일깨우는 내 말에 옅은 미소를 띠었다. 너무도 옅은 미소를 말이다.

명백한 비웃음이었다.

"그럼 한 번 더 해봐라. 그때는 현실을 받아들여 주겠다."

"한 번 했으면 두 번도 할 수 있는 게 당연한 거 아니야? 이건 모자란 걸 떠나서, 멍청한 거 아니야?"

말을 조금 심하게 했다는 느낌이 들었지만, 지금의 내 기분은 너무도 좋았다.

뻣뻣대마왕 역시 크게 담아두는 모습이 아니었다.

그는 여전히 옅은 미소를 띠고 있었다.

예전에는 항상 잠시 띠었다가 금세 사라지기 일쑤였는데, 그는 지금 노골적으로 웃고 있었다. 불안감이 무럭무럭 자랄 정도로.

"그럼 당연히 할 수 있다는 말인가?"

내가 이미 한 말을 또 확인하는 뻣뻣대마왕.

"그렇다니까!"

멍청이라고 쏘아붙여 주려다 놈의 눈빛이 너무도 음흉해 끊을 수밖에 없었다.

어째 또다시 뻣뻣대마왕의 암수가 발동했다는 느낌이 들었다.

"못한다면 어떻게 할 거지?"

뻣뻣대마왕이 지금 나를 비웃고 있다는 느낌을 지울 수 없었다.

"네가 원하는 뭐든지 한다!"

오기가 생겨 호기있게 말했다.

물론 내뱉고 나서는 괜히 말했다고 생각되었지만 다시 주워 담을 수는 없었다.

대신,

"대신 내가 성공하면, 너도 내가 원하는 뭐든지 들어줘야 하는 거고!"

"좋다."

뻣뻣대마왕은 아무런 주저 없이 승낙했다.

일이 잘못되었다는 느낌이 무럭무럭 자라 어느새 하늘을 찌르기 일보 직전이었다.

나는 다시 벽을 향해 검을 겨누었다.

'이건 아니야!'

아까와 같은 폭발적인 힘이 느껴지질 않았다. 뿐만 아니라 검이 다시 칙칙한 회색에 가까운 색으로 돌아왔다.

아까의 느낌은 모두 착각이었을까?

검도 똑같고, 그 검을 휘두르는 나도 똑같다.

아까의 느낌이 없다고, 일이 잘못될 확률은 거의 없다고 생각되었다.

나는 뻣뻣대마왕을 한 번 바라봤다.

여전히 노골적인 미소를 띠고 있었다.

더 불안해지긴 했지만 그렇다고 중간에 그만둘 수도 없었다. 분명 뻣뻣대마왕 놈이 ‘남자가 자기 입으로 내뱉은 말을 도로 주워 담겠다는 건가?’ 라며 나를 비웃을 게 분명했다.

나는 입술을 살짝 깨물었다.

그리고 검을 휘둘렀다.

검이 벽에 닿는 순간 나는 깨달았다.

‘이건 정말 아니야!’

그 생각이 듦과 동시에 뻣뻣대마왕이 나를 괴롭힐 수 있는 수만 가지 방법이 뇌리를 스쳐 지나갔다. 그것도 조금 괴롭히는 게 아니라 지옥이 천국처럼 느껴질 그런 방법들이 떠오르자 마음이 급해졌다.

‘도대체 왜!’

분명 내가 직접 벽을 갈랐다.

그런데 지금은 못한다.

그 이유를 생각해 내야 했다. 나는 검을 휘두르고 있는 그 짧은 찰나 동안에 뻣뻣대마왕을 돌아봤다. 분명 뻣뻣대마왕이 이 일의 중심에 서 있었다.

그는 알고 있었다.

내가 벽을 가를 수 있다는 걸 알고 있었고, 겨우 한 번만 할 수 있다는 사실도 알고 있었다.

놈은 치사하게도 그 점을 잘 이용해서 나를 악의 구렁텅이로 몰아넣어 버렸다. 절벽에 아슬아슬하게 서 있는데 주저없이 나를 밀어버렸단 말이다.

나는 검을 전부 휘두르기 전에 이 상황을 타개할 방법을 떠올려야 했다.

찰나의 시간 동안이었다.

검을 한 번 휘두르는 아주 짧은 시간 동안 나는 아까와 지금의 차이에 대해서 고민했다. 그리고 다시 한 번 이 일의 주범(?)인 뻣뻣대마왕을 바라봤다.

'그래!'

신이 날 도왔는지 그 순간 떠올랐다.

나는 검을 다 휘두르고 나서 황급히 검을 뻣뻣대마왕의 허리에 갖다 대었다.

그 민첩하기 짝이 없는 뻣뻣대마왕은 전혀 예상도 못했는지 그대로 몸을 허용했다.

"……!"

뻣뻣대마왕이 당황하는 표정을 음미하는 건 충분한 가치가 있었지만, 안타깝게도 내게는 할 일이 있었다.

"……!"

손에서 느껴지는 이 충만감.

당장 발산하지 않으면 내 속에서 날뛰어 폭발할 것만 같은 강렬한 힘!

나는 다시 한 번 검을 휘둘렀다.

콰과광!

이미 약해진 곳에 검을 휘둘러서일까?

벽이 우르르 무너지기 시작했다.

나와 뻣뻣대마왕은 흙먼지가 자욱하게 피어오르고, 다시 가라앉을 때까지 그 장면을 가만히 바라만 보고 있었다.

난 내 검을 가만히 바라봤다.

분명 아까는 하얗게 빛나고 있었다.

하지만 지금은 다시 칙칙해졌다.

고개가 저절로 갸웃거려진다.

'역시 난 천재?

나의 천재성이 한몫했지만, 이번에는 그 천재성뿐만 아니라…….

검이 잠시 반짝이는 듯했다.

'신검?

참으로 묘한 순간이었다.

4

"그 검은 특별하다."

뻣뻣대마왕의 말이 떠올랐다.

물론 벽이 무너지고, 내가 또다시 해냈다는 사실을 그에게 상기시켜 주었을 때의 그 표정도 기억에 남았다. 그리고 내가 원하는 한 가지를 그가 해줘야 한다는 말을 들었을 때의 그 표정. 그리고 자신의 말을 지키지 못하는 건 '발레키스러운' 일이라고 했을 때 떠오른 그의 표정 모두가 기억에 남았지만, 지금 당장 떠오르는 건 그 말뿐이었다.

아버지가 주신 칙칙한 검이 특별하다고 생각한 적은 없었다.

쓰기 편하다고는 생각했다.

그리고 단지 그뿐이라고 생각했다.

그런데 이 검은 특별하다.

'상대방의 몸에 검을 갖다 대면 검의 공격력이 증폭된다.'

이유는 모른다.

하지만 그게 사실이다.

"네가 경험한 그 힘이 바로 생체 에너지다. 네가 생체 에너지를 발견하면 이 벽을 허무는 것보다 대단한 것도 해낼 수 있다. 너는 이제 검술에 있어 첫 번째 벽에 부딪치게 되었다. 그 벽을 허물 수 있느냐에 따라 네 그릇이 정해진다. 이 세상의 대부분 사람들이 생체 에너지를 발견하지도, 사용하지도 못한다. 강해지고 싶다고 했나? 그럼 첫 벽을 허물어라. 그게 최소한의 자격 기준이다.”

머리가 복잡해졌다.
생체 에너지의 느낌이 아직도 손에서 느껴지는 것만 같았
다.
그 강렬한 힘.
벽을 허물 수 있는 힘!
원한다.
강렬하게 원한다.
‘강해지고 싶다.’
강해지기를,
원한다.

5

입학한 지 1년째에 접어들자, 난 더 이상 새로운 검술을 익
히지 않았다.
대신 이미 배운 검술들을 몸에 익히는 훈련을 많이 해왔
다.
그러니까 학생끼리 대련을 한다는 게 맞았다.
대련을 통해 실전 감각을 익히는 건 물론, 각 검술이 필요

한 적절한 때를 파악하는 눈을 갖게 되었다.

내 대련 짝은 코베다.

원래 대련 짝은 동급생 중에서 서로 합의하에 이루어지는 관계이다.

하지만 안타깝게도 동급생 중에 내 검을 제대로 받아낼 수 있는 놈이 없기…… 보다는, 선거 사건이 6개월이나 지난 지금까지도 평민들이 내게 화가 나 있는 상황이었다.

그 누구도 내게 말을 직접 걸지 않았고, 뒤에서 내 욕을 하기 바쁜 녀석들이 내 대련 상대를 하고 싶어 할까?

게다 실제로 1단계 학생 중에서 내 상대가 되는 놈들은 많지 않았다.

내 고귀함이 마음에 들지 않아 대련을 통해 두들겨 패고 싶은 놈은 많겠지만, 그럴 실력을 갖춘 놈들이 없었다. 반대로 두들겨 맞지는 않을까 하는 두려움에 감히 대련 짝이 되려 하는 하찮은 평민은 없었다.

결국 내게 주어진 짝은 코베였다.

코베와 대련을 한 지 약 1개월이 되었다.

그러니까 내가 뻣뻣대마왕과의 지옥 훈련을 받은 지 5개월이 되었을 때, 코베와의 대련을 시작했단 말이다.

사실 코베와의 대련을 시작했을 때 내가 놈을 농락할 거라는 걸 의심치 않았다. 하루가 다르게 성장하는 내가 느껴졌고, 코베와 이미 대련을 한 적이 있었기에 내가 질 거라고는 생각도 해보지 않았다.

물론 그 결과는…….

카강!

"크윽."

코베의 검이 무겁다.

실제로 놈의 검이 무거운 건 아니었다. 코베의 검은 꼬불꼬불하기는 했지만 검신이 전체로 얇은 편이었다. 저런 검으로 아무리 내려찍어 봐야 불똥만 튈 거라고 쉽게 생각했는데, 그의 검은 정말 무겁기 짝이 없었다.

카강!

검을 한 번 받을 때마다 손목이 욱신거린다. 게다 손이 얼마나 떨리는지, 까닥하면 검을 떨어뜨릴 뻔했다.

코베의 발이 현란하게 움직인다.

그 잔상을 조합해 보니 더블 스네이크 스텝 같다. 하지만 조금 다르다. 발이 두 개의 S자를 그리기는 하지만 깔끔하지 못하고 흐믈흐믈하다고나 할까?

카강!

정신을 차리고 보니 코베의 검이 어깨 밑을 향해 찔러 들어오고 있었다.

그때였다.

보통 빠르게 찔러 들어오는 검에는 힘이 없다. 검을 한 번 찌르면 회수까지 해야 하기 때문에 힘을 적게 담을 수밖에 없다.

그렇지만 코베는 그 상태에서 연격기에 들어갔다.

검을 찔렀기 때문에 무게중심이 앞으로 쏠려 있기에 힘을 더 이상 담기 힘들 텐데, 그는 회전력으로 그 약점을 무색케 했다.

캉! 캉!

한 번은 왼쪽으로 돌면서, 그 다음에는 오른쪽으로 돌면서 검을 휘두른다.

너무도 단순한 공격이지만 검에 실린 힘이 반격을 무산시켰다.

이를 악물고 놈의 검을 튕겨냈다.

카강!

놈의 자세가 조금 흐트러졌다.

나는 그 틈을 타고 황급히 검을 찔러 넣었다. 급작스런 공격이니, 놈의 자세가 더욱 크게 흐트러지기를 바라고 한 공격이었다.

하지만…….

퍽!

놈은 그 상태에서 발로 내 무릎을 내리찍었다.

“악!”

빌어먹을 코베는 군화를 연상케 하는 굽이 굵은 장화를 신고 있었다.

말 그대로 눈에서 불똥이 튄다.

당장에 놈의 목을 베어버리고 싶었지만…….

“항복해라.”

나는 균형을 잃고 바닥에 쓰러졌고, 내 목젖에 놈의 검이 닿아 있었다.

안 그래도 볼 살이 축 늘어져 역겹기 짝이 없는 놈의 얼굴에 비릿한 미소가 걸려 있었다.

치욕이었다.

“젠장!”

항상 이런 꼴이었다.

분명 나는 발전했다.

하지만 결과는 지옥 훈련 전이나 후나 같았다.

놈은 생체 에너지를 사용하고 있지도 않았다.

그래서 더 치욕적이었다.

캉!

나는 놈의 검을 쳐내고는 옷에 묻은 먼지를 털며 일어났다.

"생체 에너지는 불가능을 가능하게 만들어준다."

뻣뻣대마왕의 말이 떠올랐다.

생체 에너지를 사용할 수 있게 되면 코베 정도는 우습게 때려눕힐 수 있을까?

"……."

코베는 다시 나를 향해 검을 겨눴다.

"항복해라."

웃음이 새어 나온다.

"웃기지 마."

나는 다시 무릎을 살짝 굽힌, 언제라도 쏘아져 나갈 수 있는 자세를 잡았다.

카강!

그리고 간단한 스네이크 스텝을 밟으며 검을 빠르게 찔러 갔다.

'그래도 힘들겠지?'

그런 불안감이 든다.

나와 코베는 똑같은 상황에 있다.

검 하나만을 달랑 들고 있다.

픽!

내 공격이 너무 성급했을까? 너무 뻔했을까?

마치 예측이라도 한 듯 코베는 반 바퀴를 옆으로 돌며 발로 내 허리를 후려찼다.

다시 쓰러지려 하는 걸 가까스로 멈췄다.

‘젠장!’

전과 다른 게 있다면, 코베는 이제 발도 같이 사용하고 있었다.

발뿐만 아니라 팔꿈치도 필요할 때 써먹고 있었다.

생각해 보니까 놈은 달랑 검 하나가 아닌 세 무기를 사용하고 있었다.

입술을 씹었다.

나도 그가 가진 세 무기를 가지고는 있지만 사용할 수는 없었다.

이유는 간단했다.

이번에는 코베가 검을 찔러들어 오기에 놈과 똑같은 방법으로 공격을 시도했다.

“…….”

코베는 비릿한 미소를 지우지 않은 채 내 발을 손으로 잡았다.

다리가 허공중에 떠 있으니 나는 뒤로 가지도, 앞으로 가지도 못했다.

콰당!

코베는 그렇게 내 다리를 위로 던졌다.

다리가 찢어지는 괴로움을 만끽하기도 전에 나는 360도를 회전하며 바닥에 내동댕이쳐졌다.

다시 그의 녹이 슨 검이 내 목젖에 닿았다.

"항복해라."

"꺼져."

놈에게 항복하는 일은 죽어도 없을 것이다.

온몸이 부르르 떨린다.

"그럼 다시 덤벼라."

코베는 다시 나와의 거리를 벌렸다.

나는 입술을 깨물며 놈의 얇은 눈을 노려봤다.

그는 검끝이 나를 겨누는 독특한 자세를 잡았다.

보통은 대각선으로 하늘을 가리키기 마련이다.

나는 자리에서 일어나며 공격법을 연구했다.

시원하게 한 대만 때리면 좋겠다.

조금의 틈만 생기면, 팔꿈치나 발로 후려갈기니 틈을 틈이라 할 수 없었다.

그때 내 검이 반짝이고 있다는 착각이 들었다.

"……!"

내게는 벽을 파하는 검이 있었다.

원래가 신검이거나 내 천재성에 빛을 발하는 보통 검일지는 몰라도, 벽을 부수는 검이다.

나는 미소를 지었다.

그리고 놈을 향해 천천히 걸어갔다.

그것도 무방비 상태로 천천히 다가갔다.

놈이 나의 이 무모한 전진을 그의 나쁜 머리로 파악하는 틈을 타 놈의 몸에 내 검을 갖다 대려는 속셈이었다.

검만 뻗으면 놈의 몸에 닿을 거리에 도착했을 때도 코베는 의심에 가득 찬 눈으로 나를 보고 있었다.

작전이 먹히고 있는 것이다.

내가 신속하게 검을 찔렀을 때였다.

퍽!

놈은 비겁하게도 팔꿈치로 내 얼굴을 후려쳤다.

"큭."

맞았다고 해서 물러설 수는 없었다.

나는 황급히 내 검을 놈의 몸에 갖다 대었다.

그리고 검이 그의 몸에 닿지마자 나는 검을 빠르게 휘둘렀다.

"파워 소드!"

벽을 파하는 검에는 특별한 이름이 있어야 한다고 생각했다.

유명한 검사들이 모두 자신의 필살 검술에 이름을 붙인 것처럼 말이다.

물론 내뱉고 나서는 참으로 유치하기 짝이 없는 이름이라
는 걸 깨달았지만…….

캉!

내 검과 코베의 검이 부딪치면서 작은 불똥이 튀었다.

"……."

나는 가만히 코베를 쳐다봤다.

그리고 내 검과 그의 검을 번갈아가며 쳐다봤다.

믿을 수가 없었다.

'뭐야!'

아무 일도 없었다.

분명 내 '파워 소드(미정)'는 벽을 부수는 엄청난 위력을
자랑한다.

하지만 코베는 내 회심의 일격을 너무도 쉽게 막아냈다.

아무리 못해도 놈의 검 정도는 산산조각을 내버릴 것만 같
았는데…….

"너!"

나는 쌍심지를 켜며 놈을 노려봤다.

코베는 특유의 기분 나쁜, 비웃는 듯한 눈빛으로 나를 마주
봤다.

"왜 멀쩡한 거냐!"

뻣뻣대마왕에게 써먹었을 때와 똑같은 방법으로 놈을 공격했다.

검을 그의 몸에 갖다 댄 후에 휘둘렀다.

코베는 말로 형용하기 힘들 정도로 복잡한 표정을 지어 보였다.

굳이 찾자면, '이게 미쳤나' 정도로 표현할 수 있을까?

"미쳤군. 보통 검에다 유치한 이름만 갖다 붙이면 필살기라도 되는 줄 아나?"

"……."

항상 비웃고 있는 눈이었지만, 지금은 그 느낌이 훨씬 강했다.

뭐라고 변명을 해보려고 입을 열어봤지만 입은 허공중에서 뻥긋거릴 뿐이었다.

뇌리에서 '유치한 이름만 갖다 붙이면 필살기?' 가 지워지지를 않는다.

내가 그런 정신병자 취급을 받다니!

"하앗!"

나는 다시 한 번 검을 코베의 검에 갖다 대었다.

코베는 팔짱을 낀 채 나를 가만히 지켜보고 있었다.

'…….'

무엇인가 맞지 않는 기분이다.

분명히 뻣뻣대마왕에게 시전했을 때와 똑같은 절차를 거치고 있었지만, 그 느낌이 없었다.

발산하지 않으면 폭발할 것만 같은 힘!

그 힘이 느껴지지를 않는다.

검도 새하얗게 물들지 않고, 칙칙한 색을 유지하고 있었다.

이렇게 이상 징조들이 마구마구 쏟아졌지만, 나는 입술을 살짝 깨물며 검을 휘둘렀다. 검을 뽑았는데 그냥 집어 넣으면 그것도 치욕에 속했다.

"슈퍼 파워 소드!"

아무리 생각해도 유치하다는 느낌이 물씬 묻어 나왔지만, 이미 내뱉은 후에 깨달았다.

카강!

코베는 내 검을 쉽게 막았다.

쉽게 막은 정도가 아니라 힘을 주어 내 검을 튕겨냈다.

순간 내 검은 내 손과 분리되어 바닥에 덩그러니 떨어졌다.

그 모습을 보며 코베는 코웃음을 쳤다.

"흥. 이게 다냐?"

"……."

나는 가만히 서 있었다.

코베가 무슨 말을 하는지 신경 쓸 겨를은 없었다.

대신…….

'왜!'

지금의 상황을 파악하기 바빴다.

도대체 무엇이 잘못된 건지 이해할 수가 없었다.

어제의 천재가 오늘의 둔재라는 말인가?

상식적으로도 어제는 두 번이나 성공한 신기술(?)을 오늘은 그 비슷하게도 펼칠 수 없다니!

분명 신기술의 과정에서도 다른 게 없었다. 신검도 똑같고, 그 검을 펼치는 나도 똑같다.

이유는 잘 모르겠지만, 상대방의 몸에 검을 갖다 대면 벽을 부술 수 있을 정도로 강력한 일격을 펼칠 수 있는 힘인데…….

"……!"

그때 나는 어제와 오늘의 상황에서 한 가지 다른 요소가 있다는 사실을 깨달았다.

그 사실을 깨닫자마자 나는 바닥에 있는 검을 집어 들어 뻣뻣대마왕에게 달려갔다.

뻣뻣대마왕은 허리까지 내려오는 흑발을 찰랑이며, 항상 입는 굵은 망토를 펄럭이며 대련을 하는 평민들 사이를 가로지르고 있었다.

나는 다짜고짜 뻣뻣대마왕의 허리춤에 검을 갖다 대었
다.

뻣뻣대마왕이 내게 뭐라고 하기도 전에 나는 다시 코베에
게 돌아왔다.

코베는 내가 뻣뻣대마왕에게 갔다 오는 동안에도 가만히
팔짱을 낀 채 상황을 방관하고 있었다.

나는 하얗게 물든 신검을 보며 미소를 지었다.

'그래, 이거야!'

이 충만한 힘!

수천만 번이라도 검을 휘두를 수 있을 것만 같을 정도로 샘
솟는 힘!

"코베."

"……?"

코베는 여전히 비웃음을 지우지 않고 있었다.

"이게 내 진짜 '파워 소드' 다."

말을 끝냄과 동시에 검을 휘둘렀다.

내가 검을 휘둘렀다고 하기보다는 검이 내 팔을 이끌었다
고 하는 게 정확했다.

카가강!

불쾌한 쇠 마찰음이 고막을 찢으려 들었다.

당장에 귀를 막고 싶었다. 대신 이를 악물고 놈의 검을 힘

겹게 막아냈다.

그때였다.

콰직!

내 눈을 믿을 수가 없었다.

"……!"

코베의 검이 반으로 깨끗하게 동강났다.

더 이상 내 검을 막아서는 장애물이 없자, 내 검은 그대로 코베를 향해 베어갔다.

검을 회수해야 한다는 생각은 들었지만 손이 멈추지를 않았다.

부웅—

"……?"

나는 또 한 번 놀랐다.

코베는 그의 손으로 내 검을 막아내었다. 정확하게는 손을 둘러싼 무엇인가가 내 검을 튕겨내려 했다.

나는 자동적으로 그 반발력을 이겨내려 했다.

하지만 그 반발력은 작지 않았다.

오히려 그 힘이 한층 강렬해지더니, 순간 폭발을 일으켰다는 착각이 들 정도로 엄청난 힘이 쏟아졌다.

콰광!

그 반발력은 나를 반대쪽 벽에 처박히게 만들었다.

"큭!"

척추에 이상이 가지는 않았을까 싶을 정도로 큰 충격이었지만 쓰러질 정도는 아니었다.

모든 힘에는 작용과 반작용이 있듯 코베 역시 반대쪽 벽에 처박혔다.

콰과광!

흙먼지를 일으킬 정도로 세게 처박힌 코베는 금세 바닥에 쓰러졌다.

이 모든 게 순식간에 일어났다.

어떻게 된 일인지 채 파악하기도 전에 뻣뻣대마왕이 달려와 코베의 상태를 확인했다.

나는 자동적으로 뻣뻣대마왕과 코베를 향해 다가갔다.

"……."

코베는 연신 피를 토해내고 있었고, 눈은 반쯤 풀어져 있었다.

상태가 안 좋아 보였다.

뻣뻣대마왕은 경련을 일으키기 시작한 코베의 입속에 작은 알약을 집어넣었다.

2분 정도가 지나자 코베의 경련은 멈췄고, 눈 역시 제대로 감겼다.

"……."

상황이 대충 정리되자 뻣뻣대마왕은 물론, 다른 주몬 동급생들의 시선까지 내게 몰렸다.

어색한 정적이 흘렀다.

뻣뻣대마왕의 칠흑과도 같은 눈빛에서는 아무것도 읽을 수 없었지만, 동급생들은 '저 자식, 조교를 때려눕혔어!', '조교는 대표들보다 한 수 위인데?', '그럼 실력이 완전히 없는 건 아니잖아?' 이와 같은 경악에 물든 눈빛을 보내오고 있었다.

난 원래 동급생들보다는 강했다.

애초에 몸속에 흐르는 피가 그들과 달랐고, 지난 6개월간 그 누구보다도 열심히 노력했다.

당연히 그들은 내 상대가 안 되었다.

그럼에도 불구하고 놈들은 선거 사건이 지난 후 나를 비웃었다. 경멸에 가득 찬 눈빛으로 나를 씹어대기 바빴단 말이다.

하지만 이제는 달랐다.

바닥에 처참하게 깨진 코베와 그에 비해 준수한 내 모습을 번갈아 보는 평민들의 눈빛에는 공포가 서려 있었다.

나도 모르게 입가에 미소가 자리했다.

6개월의 고생이 드디어 빛을 발한 것이다.

하지만 핑크빛으로 물들기 시작한 세상을 산산조각 내어

깨버리는 사람이 있었으니…….

"향후 한 달간 벌이다. 조교에 대한 폭력은 용납되지 않는다. 오늘부터 정규 일정이 끝나면 나를 찾아와라. 1분이라도 늦을 시에는 기간이 배로 늘어난다. 알겠나?"

항상 그렇지만 지금은 유난히 차갑게 들린다.

너무도 싸늘해, '대련이었잖아! 대련 중에는 다칠 수도 있는 거지!'라고 따지지도 못했다.

뻣뻣대마왕은 나를 한참 동안이나 노려보더니 짜증을 내듯 거칠게 입을 열었다.

"오늘 수업은 여기까지다."

휘잉—

뻣뻣대마왕은 그 말을 남기며 강의실을 벗어났다.

상황에 어울리지는 않지만, 망토가 참으로 이상적으로 펄럭인다.

나도 망토나 하나 구입할까?

"……."

6

내가 코베를 때려눕혔다는 이야기는 생각보다 빨리 퍼졌다.

말이 이 세상에서 가장 빠르다는 건 알았지만, 1시간도 지나지 않아 전교생이 알게 될 줄은 몰랐다.

뿐만 아니라 1시간 안에 교지 특보까지 나와서 나와 코베의 사건을 심층 해석하고 있었다.

'요하네스 희대의 사기꾼. 단순한 사기가 아닌 실력을 뒷받침한 고단수 사기인가? 라는 타이틀을 내건 특보는 정말 읽을 가치가 없을 정도로 하찮았지만, 거의 모든 학생들이 읽어보고 있었다.

교지에서는 선거 사건을 '희대의 사기극' 이라 불렀고, 당연히 나를 '희대의 사기꾼' 이라 불렀다.

하지만 이번 일에 의해 내 평판이 조금씩 나아지고 있었다.

더 이상 내 앞에서 욕하는 놈들은 없었다.

길을 지나갈 때마다 어깨를 툭, 치고 지나가는 건방진 평민도 없었다.

수업 시간이 끝난 복도는 그야말로 인간으로 이루어진 파도라 생각될 정도로 많이들 오가는데, 내가 지나가기만 하면 바다가 반으로 쪼개어져 넓은 공간이 만들어진다.

조교를 반쯤 불구로 만든 것만으로도 바닥에 있던 내 평판이 나아졌다.

이유는 간단했다.

조교는 권력의 상징이다.

1단계 학생보다는 2단계, 2단계보다는 3단계, 3, 4단계보다는 5단계 학생이 더 영향력이 있고, 그런 일반 학생들보다는 크로우가 더 권력이 있다.

그런 크로우를 이끄는 크로우 캡틴이 이 학교에서 가장 큰 영향력을 발휘한다고 할 수 있었다.

그렇다고 크로우 캡틴이 권력의 피라미드의 가장 위에 속하는 건 아니었다.

꼭대기는 교장, 그 아래가 교수다.

그리고 그 바로 아래가 조교들이다.

조교가 크로우 캡틴의 윗줄에 속한다는 말이다.

지금의 크로우 캡틴인 마빡대표도 코베에게는 깍듯할 정도로 조교는 큰 영향력을 가지고 있다고 할 수 있다.

조교는 크로우 캡틴과는 속성이 조금 다르면서도 같은 위치이다.

조교는 크로우 캡틴과 마찬가지로 학생으로 구성된다.

그렇다.

코베도 학생이다.

뻣뻣대마왕의 아버지뻘로 보이는 코베가 겨우 이십대 후반이라는 사실도 충분히 충격적이었지만, 코베가 현재 요하네스의 5단계 학생이라는 사실은 경천동지할 정보였다.

볼 살이 축축 늘어지고, 다 늙은 노인처럼 핏기없는 창백한 피부에 소름 끼치는 눈빛.

그 모든 게 이십대의 것이었다.

다른 5단계 학생들은 교수들의 인솔을 받으며 바깥에서 경험을 쌓지만, 인정받은 몇몇 학생들은 학교에 남아 후배 양성에 힘을 쓴다.

그러니까 코베가 요하네스의 우수한 인재 중 하나로 인정받아 조교가 된 경우라고 할 수 있었다.

마빡대표, 흉터괴물이 교내에서 가장 큰 영향력을 발휘하는 학생들이기는 했지만, 그건 코베를 제외했을 때의 경우였다.

마빡대표와 흉터괴물이 다른 4단계 학생들보다 월등히 뛰어난 건 사실이지만, 5단계 학생 중에서도 손꼽히는 강자인 코베의 발끝에도 못 미친다는 건 모두가 알고 있는 사실이었다.

그러니까 내가 코베를 반쯤 불구로 만든 사건은 지난번 선거 사건을 뛰어넘는 대사건이란 뜻이었다.

게다 저번과 달리 이번 사건에는 목격자들이 많았다.

마빡대표와 흉터괴물 때는 나와 뻣뻣대마왕이 전부였지만, 이번에는 뻣뻣대마왕을 포함한 주몬 1단계 학생의 20퍼센트가 목격자였다.

대련 중에 코베가 뻗었다.

모두가 정확하게 본 사실이었다.

일이 이렇게 되자 4단계의 학생이라 해도 나를 무시할 수가 없었다.

분명 6개월 전에는 허풍쟁이였고, 실력도 보잘것없다는 게(물론 상급생의 기준에서) 그들이 잘 알고 있는 사실이었다.

하지만 이제는 아니었다.

나는 졸업반을 이겨낸 강자였다.

사실 그 과정을 정확하게 알고 있는 사람은 없었다.

아마 나와 뻣뻣대마왕 정도만 일의 전모를 정확하게 알고 있을까?

그 이외에는 코베가 내 일격에 처참하게 망가졌다는 사실만 알 뿐, 그 일격이 어떤 종류의 것인지 꿈에도 모를 것이다.

어쨌든 나는 코베 덕에 다시 명예로운 삶을 되찾았다.

귀족에게 있어 명예만큼 중요한 게 없거늘, 한동안 나는 죽은 것만도 못한 생활을 하고 있었다.

나는 다시 경외 혹은 공포의 대상이 되었고, 그 누구도 날 함부로 대하지 않았다.

덜컹.

"지금 쉬고 있는 건가?"

눈빛으로도 사람을 죽일 수 있는 유일한 사람, 뻣뻣대마왕을 제외하고는 말이다.

"노크 몰라?! 문명인이면 노크 좀 하고 살자."

나는 황급히 팔굽혀펴기를 시작하면서 중얼거렸다.

내가 아무리 뭐라고 해도 뻣뻣대마왕은 아랑곳하지 않는 얼음별 대마왕이었다.

"지금 벌을 받고 있다는 사실을 잊었나? 혹시 벌이 즐겁나? 일부러 삐딱한 태도를 유지해 벌의 기간을 늘리고 싶은 생각인가? 만약 그런 의도라면 굳이 신경질적으로 나오지 않아도 상관없다. 한마디면 기간은 물론, 벌의 양도 늘려줄 수 있다."

뻣뻣대마왕의 기준에서는 따스한, 일반인의 기준으로는 살짝 싸늘한 어조로 말하니 더 살벌하게만 들린다.

"하압, 하압, 하압!"

나는 팔굽혀펴기를 쉼없이 빠르게 했다.

뻣뻣대마왕의 암수를 제지하는 데 유일하게 효과가 있는 건 성실함이었다.

벌을 열심히 수행하면 그의 가시가 돋아 있는 혀를 잠재울 수 있었다.

"……"

이번 역시 마찬가지였다.

뻣뻣대마왕은 못마땅한(평소와 다르지 않지만, 오랜 경험을 미루어보아 분명하다) 눈빛으로 나를 가만히 바라볼 뿐이었다.

살았다.

뻣뻣대마왕이 내게 한 달간 주는 벌은 기초적인 체력 단련뿐이었다.

하지만 기초라고 해서 쉬운 게 아니었다.

이 세상에서 가장 힘든 게 기초다.

팔굽혀펴기를 몰아서 300회 한 후에 윗몸 일으키기 300회, 쪼그려 뛰기 100회를 하는 건 절대 쉬운 게 아니다.

지난 6개월간 몸을 단련하고 또 단련했지만, 항상 그때마다 힘들다.

처음에는 천천히 쉬면서 횟수만 채우면 되었지만, 시간이 흐를수록 천천히와 쉬면서라는 단어가 사라진다.

이 두 단어가 있고, 없고의 차이는 상당히 크다.

천국과 지옥만큼의 차이라고나 할까?

뻣뻣대마왕은 그야말로 내가 무슨 철인인 마냥 쉼없이 훈련을 시켰다.

팔굽혀펴기 횟수를 다 채우고(원래는 300회이지만, 뻣뻣대마왕이 중간에 어디 나갔다 올 때는 속여 먹을 수 있어 180회만 했다),

숨을 고르며 입을 열었다(뻣뻣대마왕을 속일 때는 표정 관리가 포인트다).

"넌 내 검을 어떻게 생각하냐?"

사실 이 질문을 하기에는 조금 늦은 감이 없지않아 있었다.

뻣뻣대마왕은 항상 내 검을 보며 '특별한 검이다', '좋은 검이다' 와 같은 말은 해주었지 자세한 평을 해준 적은 없었다.

그래서 항상 이 질문을 하려 마음먹었지만 이상하게도 적절한 기회가 없었다.

기회가 없다면 기회를 만들어야 한다.

나는 땀을 닦으며 뻣뻣대마왕의 대답을 기다렸다.

내 질문을 받은 뻣뻣대마왕의 표정은 조금 복잡해 보였다.

그는 한참 동안 뜸을 들이더니 힘겹게 입을 열었다.

"무슨 대답을 원하는 거지?"

"……."

질문을 질문으로 대답하는 건 최악의 답변이다.

나는 인상을 쓰며 다시 입을 열었다.

"네 주관적인 평을 원하는 거지."

뻣뻣대마왕은 다시 표정이 복잡해졌다.

내 질문이 '어떻게 하면 세계 평화를 이룰 수 있어?' 와 같이 들린 걸까?

분명 놈은 내 검에 대한 생각이 있을 것이다.

항상 내 검을 보며 눈빛이 묘하게 바뀌는 걸 보면, 단순히 '좋은 검이군' 하고 감상을 하는 게 아니라 내 검에 대해 무엇인가를 특별히 알고 있는 것이라고 할 수 있었다.

다시 한참이라고 느껴질 정도의 시간이 흐르고 나서야 대답이 들렸다.

"다른 검과는 확실히 다르다."

"……."

할 수만 있다면 주먹으로 후려갈기고 싶다.

"그걸 말이라고 하냐!"

가슴이 답답해 미칠 것만 같다.

뻣뻣대마왕이 대충 내 등을 긁으면 간지러운 부분이 없어질 거라고 생각했던 나는 결국 등의 간지러운 부위를 직접 가리켜 주어야 했다.

"이 검의 능력! 이런 능력이 원래 다른 검에도 있는 거냐?"

내 질문을 들은 뻣뻣대마왕은 한심하다는 듯이 나를 마주 봤다.

"그걸 질문이라고 한 건가? 이 세상의 모든 검이 네 검과 같은 능력을 지녔다고 생각하나?"

“…….”

확실히 질문이 바보 같았다.

나는 질문을 바꿨다.

“내 검이 신검이냐?”

신검이라 믿어 의심치 않지만, 그래도 남의 확인을 받고 싶었다.

특히 뻣뻣대마왕의 확인을 말이다.

뻣뻣대마왕은 잠시 무엇인가를 골똘히 생각하고 있는지 미동도 없었다.

“신의 검이냐고? 당연히 신의 검은 아니다. 하지만 인간의 검은 아니라고 할 수 있겠지.”

“……?”

후에도 나는 계속해서 뻣뻣대마왕에게 더욱 자세한 대답을 요구했다.

하지만 그는 내 요구를 묵살했다.

들은 척도 하지 않았다.

내 의문은 잠시 보류되었다.

대답을 해주지 않으니 의문이 해소될 기미가 없었다.

그렇다고 미궁에 빠진 건 아니었다.

그 의문은 생각보다 빨리 해소되었다.

7

주몬의 이해는 여러모로 충격적인 수업이었다.

첫 번째로는 그 내용 때문이라고 할 수 있겠지만, 무엇보다 중요한 두 번째로는 교수의 정체 때문이었다.

검은 단발에 갈색 눈.

사실 검은 머리는 요하네스에서 흔치 않았다. 아니, 대륙을 통틀어서도 검은 머리를 찾는 건 그리 쉽지 않았다. 희귀 인종까지는 아니지만, 열에 하나도 없을 정도로 그 수가 적었다.

동쪽 이스란 지방에서나 자주 볼 수 있을까? 대륙의 중앙에 위치한 여기에서는 거의 없다고 할 수 있었다.

속눈썹이 유난히 길고, 눈은 보통 사람의 세 배는 되어 보일 정도로 큰 그녀를 연상케 하는 사람이 한 명 있었다.

내가 아는 사람 중에서 말이다.

작은 이목구비.

사실 여기에서 힌트를 얻었어야 한다.

주몬의 이해를 가르치는 애슐리 교수는 요하네스에 친자매가 있었다.

교수진이 아닌 학생의 신분에 있는 자매가 말이다.

사실 따지고 보면 닮은 점이 굉장히 많았다. 그럼에도 불구하고 내가 지금까지 그녀의 자매가 요하네스에 있다는 사실을 조금도 추측하지 못한 까닭은 분명 있었다.

깐깐안경.

줄리라는 이름을 가진 깐깐안경이 바로 애슐리 교수의 친자매인 것이다!

그 둘이 자매라는 걸 알면 고개를 끄덕이기야 하겠지만, 사실 아니라고 해도 그건 당연한 것이라고 믿을 수밖에 없었다.

깐깐안경은 그야말로 깐깐하게 생겼고, 애슐리 교수는 귀여움, 그 자체였다. 깐깐안경은 항상 사제를 연상하게 할 정도로 답답한 옷들만 골라서 입었고, 애슐리 교수는 옷의 굴곡이 깊게 파이기는 했지만 공주용 원피스에 가까운, 귀여운 옷들을 주로 입었다.

뿐만 아니라 깐깐안경은 정나미 떨어지는 어투를 사용했고, 애슐리 교수는 부드럽고 정겨운 어투를 사용했다.

둘의 차이점은 여기에서 끝나지 않는다.

깐깐안경은 마음에 안 든다.

애슐리 교수는 마음에 든다.

그러니까 둘은 완전히 반대의 인물이라고 봐도 상관이 없을 정도로 다르다.

"말도 안 돼!"

평민 중 하나가 둘이 닮았다는 소리를 처음 수업에서 꺼냈다.

그 질문에 나는 '미친, 뇌를 집에 두고 왔냐? 눈이 없어? 닮았다고?' 라고 말했고, 다른 평민이 '그러고 보니 닮았네? 혹시 자매 아니에요?' 라고 묻자 나는 강의실이 떠나가라 크게 웃었다.

물론 맞다는 말에 나는 바보가 되었다.

내가 현재 공포의 대상이 아니었다면 평민들은 분명히 나를 크게 씹어댔을 것이다.

"줄리랑 늦둥이라 저랑 10살 정도 차이가 난답니다. 나이 차이가 많이 나서 자매라는 걸 알기 힘들 거예요."

"……."

내 뇌는 두 가지 사실을 부인했다.

깐깐안경이나 동안공주(어느새 확정)나 나이가 엇비슷해 보이는데, 동안공주가 30살이라니! 이 빌어먹을 교수진들은 세월을 거스르는 반역자들이다.

그리고 나이 차이가 나서 줄리랑 자매라는 걸 알기 힘들 거라고?

웃기는 소리다.

깐깐안경이랑 동안 교수가 같은 집에서 길러졌다는 사실

은 죽어도 믿지 못할 것이다.

부모가 동안공주를 키웠을 때의 성격이랑 간간 안경을 키웠을 때의 성격이랑 달랐던 것일까?

그 사이에 정신병을 얻어 성격이 변한 것이 아니라면, 자녀들이 이렇게 다를 수가 없었다.

내가 막 그녀에게 따지려는 그 순간이었다.

"이제 수업을 정리해 볼까요?"

묘하게 반짝이는 그녀의 눈과 마주치자 입이 열리다가도 닫혀 버렸다.

"오늘 수업은 간단한 이야기로 끝내겠어요."

내 착각인지는 몰라도 그녀의 눈이 여전히 내게 맞춰져 있다는 느낌이 들었다.

"한 검이 있었어요. 그 검은 가볍고, 별 장식도 없는 수수한 검이었어요. 사람들은 그 검을 마검이라고 불렀지요. 왜냐고요? 악마가 사용하는 검이었거든요. 평소에는 칙칙한 회색 계열인데, 악마가 휘두르기만 하면 검은색으로 물들어 땅을 가르고 산을 파했어요. 마검을 든 악마는 무적이었답니다. 그 앞에서는 그 누구도 1초 이상 숨을 쉬지 못했어요. 사실 그가 다가온다는 것 자체도 모르고 죽은 사람이 대다수랍니다. 그런 마검을 제지한 사람이 있었어요. 그게 누군지 아시나요?"

옥이 구르는 듯한 아름다운 목소리.

그리고…….

"주몬 아닌가요?"

수업을 가장 열심히 듣는, 수업이 끝날 때면 항상 짜증나는 질문들을 늘어놓는 돼지 멱따는 목소리가 들렸다.

인상이 저절로 찡그려진다.

"맞아요."

동안공주는 돼지소년에게 귀여운 윙크를 했다.

'나도 알았는데.'

괜히 아쉬움이 생긴다.

나도 못 받아본 윙크를 비겁하게 차지한 돼지소년을 어떻게 혼내줄 길이 없나 궁리하던 중에 그녀의 이야기는 이어졌다.

"매카토니의 모든 장정들을 단칼에 쉽게 죽여 나가는 악마를 상대한 건 당연히 주몬이었습니다. 주몬은 당당하게 악마와 맞섰지만, 일검에……."

"죽었어요?"

윙크를 받고 유난히 기가 산 돼지소년은 감히 동안공주의 이야기를 끊었다.

짜증나서 욕을 바가지로 먹이려던 찰나에 동안공주가 아찔한 미소를 띠며 고개를 가로저었다.

"마검에 부딪침과 동시에 주몬의 검은 산산조각이 났답니
다."

꿀꺽.

그녀의 앵두 같은 입술에서 흘러나오는 음율은 내 안의 묘
한 감정을 자극했다.

"그래서 어떻게 됐어요?"

그 완벽하기 짝이 없는 순간을 또 한 번 와장창, 깨는 인물
은 돼지소년이었다.

돼지 멱따는 소리에 놈의 목을 따버리고 싶었다.

"어떻게 되었냐면……."

—순순히 죽음을 맞이하라!

천둥을 연상케 하는 목소리에 흉흉한 붉은 안광이 번뜩이
고 있어 악마의 존재감을 더욱 크게 했다.

보통 장정의 3배나 되는 키이지만 온몸은 호리호리했다.
호리호리하다고는 하나, 털이 복슬복슬한 온몸은 갑주라도
입은 듯 탄탄한 근육으로 이루어졌다.

머리에는 들소의 것보다 큰 뿔이 솟아 있었고, 움직이지도
않는 날개가 무슨 신비한 힘이라도 있는지 악마는 허공중에
떠 있었다.

그 큰 악마의 앞에 서 있는 사내는 그에 비해 한없이 작아

보였다.

악마 자체가 크기 때문이기도 했지만, 그를 둘러싼 마족이 천 단위였다.

모두가 살기를 흘리는 가운데 그 사내는 작게 보일 수밖에 없었다.

보통 사람이라면 악마의 말에 당장 무릎을 꿇고 목숨만은 살려 달라고 싹싹 빌었을 것이다.

악마의 음성에는 그만한 위압감이 서려 있었다.

사내는 무릎을 꿇는 대신 미소를 지었다.

"내가 말하지 않았나? 다른 놈들은 몰라도, 너는 내 손에 죽는다고."

쿠르르룽!

사내의 말이 끝나기가 무섭게 보랏빛 하늘에 천둥번개가 치기 시작했다.

번쩍!

번개가 한 번 칠 때마다 흉악하기 그지없는 악마의 얼굴이 선명하게 보였다.

쿠르르, 쾅쾅!

천둥이 칠 때마다 악마의 박력이 한층 더 넘쳐 보였다.

―이대로 죽겠나?

살기가 물씬 풍겨 나온다.

다리가 후들후들거리고, 오줌을 지리는 것까지 당연하게
여겨질 정도로 엄청난 위압감이었다.

그렇지만 사내의 미소는 가시지 않았다.

"덤벼."

목소리가 떨릴 법도 하지만 그는 힘있게 말했다.

거인이나 다름없는 마족의 앞에서도 흠 없는 자세를 잡아
보였다.

―검사가 검도 없이 싸우겠다는 말인가!

쿠르르, 쾅쾅!

악마의 감정에 따라 자연이 제멋대로 반응한다.

"네까짓 놈은 한 손으로 충분해."

번쩍!

콰과과광!

악마는 더 이상 아무 말도 하지 않았다.

대신 손가락으로 검사를 가리켰다.

마족들에게 돌격하라는 지시인 줄 알고 주위를 경계하던
사내는 깜짝 놀랄 수밖에 없었다.

마족들 대신에 하늘에서 번개가 자신의 바로 앞에 떨어졌
기 때문이다.

단순히 떨어지기만 한 게 아니었다.

바닥을 크게 파내기까지 했다.

악마는 자연을 어느 정도 이용할 수 있는 입장인 모양이었
다.

만약 악마가 마음만 먹었으면, 땅이 파인 게 아니라 자신이
새까맣게 탔을 수도 있었다.

사내는 등골이 서늘해짐을 느꼈다.

하지만 그는 그가 느낀 공포를 바깥으로 내보내지 않았
다.

그는 미소를 지었다.

"한주먹. 한주먹이면 충분해."

그 말과 동시에 사내의 몸이 흐릿하게 변했다.

흐릿한 모습이 살짝 흔들린다는 착시 현상을 일으킴과 동
시에 사내가 사라졌다.

그때 악마는 그야말로 초고속으로 돌진하는 사내를 향해
마검을 휘둘렀다.

마검은 단순한 검이 아니었다.

한 번 휘두름과 동시에 어둠의 기운이 사방으로 퍼져 나간
다.

사내는 그 검을 왼팔로 막아내려 했다.

왼팔은 내줄 생각이었던 것이다.

하지만 안타깝게도 그 검은 너무도 빨랐고, 검이 찔러 들어
오는 건 자신의 기준에서 오른쪽이었다. 막아내려면 오른팔

로 막을 수밖에 없었다.

사내는 주저없이 오른팔로 어둠의 기운을 흩뜨리며 검을 받아들였다.

악마의 마검은 사내의 오른팔에 깊숙이 박혔다.

악마가 그 사실을 채 인지하기도 전에 사내는 왼 주먹에 모든 생체 에너지를 담았다.

왼 주먹을 주위로 폭풍우 치는 생체 에너지에 악마가 경악을 하기도 전이었다.

사내는 창백한 얼굴로 작게 중얼거렸다.

"한주먹이면 충분하다니까……."

"……."

느껴진다.

가슴속의 무엇인가가 요동치는 게 느껴진다.

뜨거움!

"주몬은 강한 오른손잡이였어요. 유난히 왼손이 약했지요. 오른손으로는 무적의 검술을 펼쳤지만, 왼손으로는 그의 반만큼도 못했다고 합니다."

자신의 생명이나 다름없는 오른팔을 내줘야만 했던 그의 심정은 어떠했을까?

"놀랍게도 마족들이 새로 소환된 악마와 함께 대륙에 다시 나타난 10년 후의 주몬은 더 강해져 있었어요. 그는 왼손을 완벽하게 단련했고, 새로운 검의 능력을 응용한 검술로 새로 소환된 악마를 쉽게 죽였답니다."

익숙하지 않은 손을 단련하는 게 얼마나 힘든 일인 줄 나는 안다.

저번에 오른팔을 다쳐 왼손을 단련하던 뻣뻣대마왕과의 날들…….

안구가 촉촉하게 젖기 시작한다.

그 심정.

겪어보지 않고서는 절대 모른다.

왼손으로 검을 펼치려는 그 답답함! 자신의 몸이 분명한데 자신의 게 아닌 것만 같은 어색함!

'주몬, 너도 이겨냈구나! 넌 진정한 사나이였어!'

나도 이제 왼손으로 어느 정도 익숙한 검술을 펼칠 수 있었다.

그때 내가 느꼈던 성취감!

주몬 역시 그랬을 거라 생각된다.

근데…….

'새로운 검의 능력?

내가 의문을 표현하기도 전에 동안공주의 강의는 계속되었다.

"그 새로운 검의 능력이 무엇이었는지에 대해서는 정확하게 전해지지 않았어요. 다만 그게 인간의 범주를 벗어난 신의 힘이라는 것 정도만……."

인간의 범주를 벗어난 신의 힘.

왠지 모르게 그 문장이 뇌리에서 떠나지를 않았다.

"칙칙한 회색의, 얇고 별다른 장식이 없는 수수한 검이었습니다. 평범해 보이는 그런 검이었죠. 하지만 정말 평범한 검은 아니었답니다."

"……!"

칙칙한 회색의 검.

그때 돼지소년이 끼어들었다.

"마검이었군요!"

그러고 보니 방금 그녀가 들려준 이야기에서도 나왔던 것이다.

물론 나는 조금 다른 검을 생각했다.

지금 내 허리춤에 달린 검을 생각했다.

동안공주는 고개를 끄덕였다.

"주몬은 자신의 오른쪽 팔을 내주고, 다른 종류의 팔을 얻었답니다. 자아, 이제 수업 끝입니다. 혹시 질문이 있으신가요?"

언제나 그렇듯 돼지소년은 질문이 있었다.

“마검이랑 보통 검이랑 구분하는 표식이 있나요? 아무 싸구려 검이랑 별다를 바가 없을 것 같은데……. 혹시 마검을 봐도 싸구려 검인 줄 알고 지나치는 일이 있으면 안 되잖아요.”

이번에는 짜증이 나지 않았다.

돼지소년이 예뻐 보일 정도로 훌륭한 질문이었다.

동안공주의 큰 눈이 반짝였다.

그 시선이 여전히 내게 맞춰져 있는 것 같다고 하면 과대망상증인가?

“있습니다. 아주 간단한 표식이 새겨져 있다고 하더군요.”

“어디에?”

돼지소년이 물으려던 걸 내가 먼저 낚아챘다.

그가 물을 때까지 참을 수 없었다.

동안공주는 미소를 지으며 입을 열었다.

“검을 거꾸로 들어보면 손잡이 끝에 편편한 부분이 있을 거예요. 거기에 큰 뿔이 하나 달린 악마의 얼굴이 정교하게 박혀 있는 게 바로 마검입니다.”

나는 허리춤의 검을 아무도 모르게 뽑았다.

황급히 손잡이의 끝부분을 봤다.

그때 돼지소년의 질문이 들렸다.

"그런 걸로 어떻게 구분해요! 다른 검에도 쉽게 악마의 문양을 그릴 수 있잖아요. 그럼 다 마검이게요?"

좋은 질문이라고 생각하며 문양을 확인하려 했다.

"아닙니다. 악마의 문양은 이 세상에 없는 물질로 형성되어 검에 박혀 있답니다. 그러니까 누군가가 악마의 문양을 새겼거나, 다른 철을 이용해서 만들었다면 가짜라고 생각하시면 돼요. 더 이상 질문 있어요?"

더 이상 아무런 말이 들리지 않는 걸 보면 돼지소년도 질문에 떨어졌다고 볼 수 있었다.

"그럼 다음 시간에 봬요."

덜컹.

그녀가 강의실을 황급히 나가는 소리가 들렸다.

"......"

물론 난 그것에 신경 쓸 겨를이 없었다.

나는 재차 손잡이의 끝을 확인했다.

믿을 수가 없었다.

보고, 또 봤다.

눈을 비벼도 보고, 책상에 머리를 박아 정신을 맑게 하기도 했다.

"......"

분명했다.

“없어.”

손잡이의 끝 그 어떤 부분을 봐도 악마의 문양은커녕 그 어떤 흠집도 찾을 수 없었다.

내 검은 마검이 아니었다.

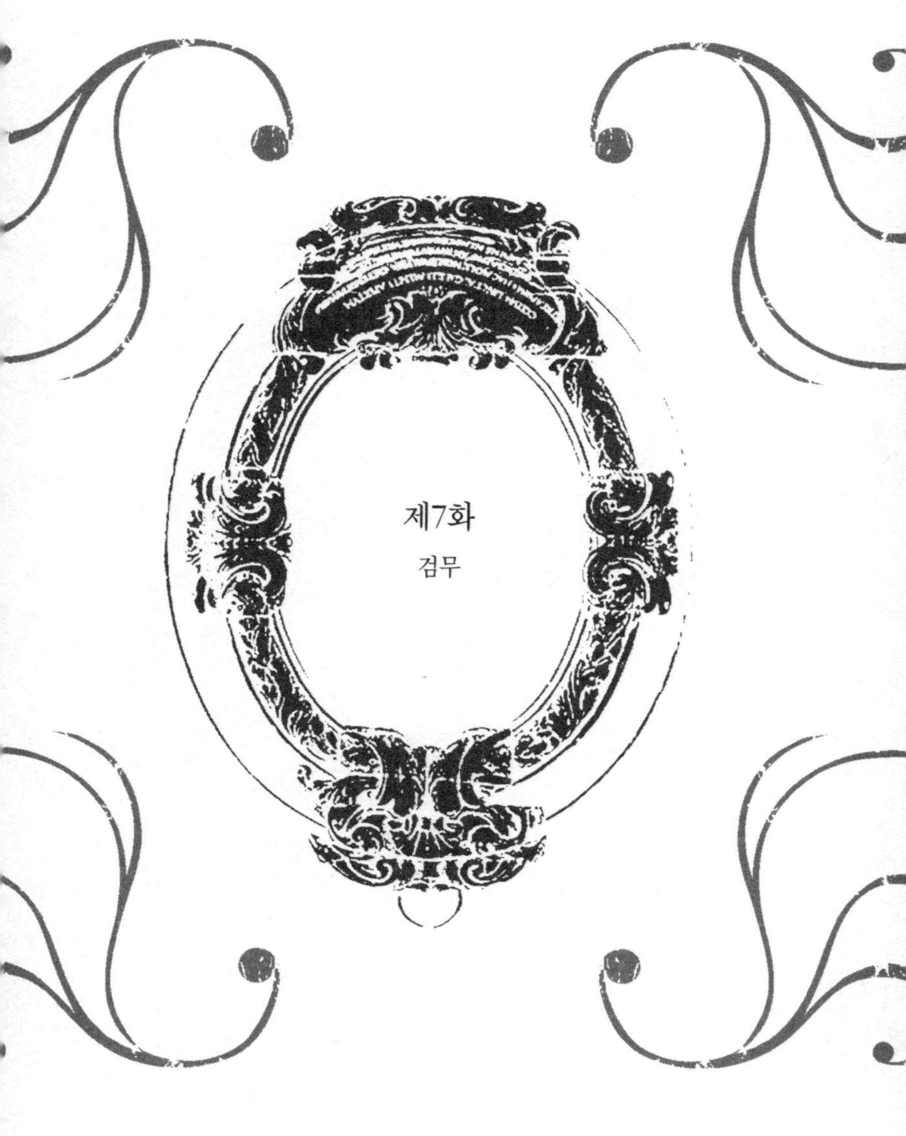
제7화
검무

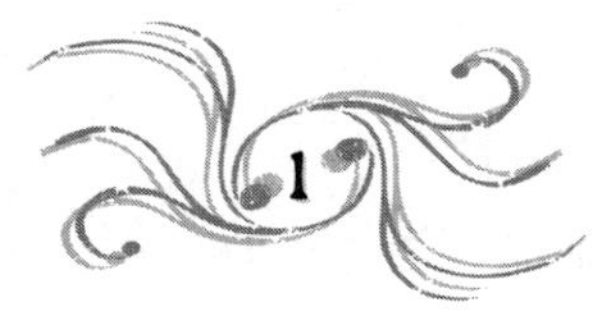

"집중해라!"

깜짝 놀라 검을 떨어뜨릴 뻔했다.

"집중하고 있어!"

뻣뻣대마왕의 말을 그냥 받아들이는 건 자존심이 상하는 일이다.

그래서 나는 무조건 놈의 말을 부인했다.

뒤통수가 따가워 뒤를 살짝 살펴보니 뻣뻣대마왕의 예리한 눈이 나를 날카롭게 베고 있었다. 그의 안광이 유형화되어 나를 벤다면, 난 처참하게 난도질되어 있을 것이다.

"검에 힘도, 절도도 없다. 자세가 끝없이 흔들리며 유지되지 않고 있다. 도대체 무슨 생각을 하고 있는 거냐!"

그가 내게 화를 내고 있다는 사실보다는 소리를 지르는 입 모양도 참 절도있다는 게 신기했다.

"내 말이 안 들리나?"

그의 입 모양에 너무 집중을 했을까?

난 그의 눈 속의 흑요석이 불길을 머금었을 때야 제정신을 찾을 수 있었다.

"나도 집중하려 노력하고 있어! 하지만 그게 안 되는 걸 어떻게 해! 아무리 훈련을 해도 강해지지 않잖아. 집중? 이미 9개월 동안 열심히 집중했어."

사실 화를 내야 하는 건 나여야 했다.

나는 강해지기 위해서 지옥에 직접 발을 디뎠다.

내가 그때 겪어야 했던 수치심!

막대한 희생!

눈물 없이는 들을 수 없는 이야기들이 뇌리를 스쳐 지나갔다.

뻣뻣대마왕에게 특별 훈련을 받게 된 지 벌써 9개월이 흘러갔다.

곧 있으면 1년이 찬다.

그런데 정작 검술에 있어 발전을 보인 건 초기의 4개월 정도였다.

나머지 5개월 동안은 정말 아무런 발전도 보이지 못했다.

그런데도 뻣뻣대마왕은 지난 5개월 동안의 훈련 방식을 버리지 않았다.

이미 그 교수법이 틀렸다는 걸 인정하려 들지를 않는다.

항상 내가 그 부분을 지적하면 그가 하는 말은 하나였다.

"아직 네가 벽을 허물지 못했기 때문이다. 생체 에너지를 발견하지 않는 한, 네 검술에는 그 어떤 진보도 없을 것이다."

"……."

지겹다.

생체 에너지, 생체 에너지.

나는 씁쓸한 미소를 지으며 고개를 가로저었다.

"생체 에너지 없이는 더 이상의 발전이 없다고? 그럼 앞으로 특별 훈련은 필요없네. 다 때려쳐. 이 지긋지긋한 검술 더 이상 안 한다."

분명 뻣뻣대마왕은 나를 찢어 죽일 듯이 노려보고 있을 것이다.

그래도 나는 걸었다.

무엇인가 잘못된 선택을 했다는 느낌이 든다.

한순간 마음이 무거워졌다.

그렇지만 이미 내뱉은 말이고, 그 말을 다시 주워 담을 생각도 없었다.

"역시 그렇군."

쓸쓸한 어조에 발길을 멈췄다.

뻣뻣대마왕은 항상 자신에 찬 어조를 사용한다. 발걸음도 당당하고, 자신의 신념에 의한 행동은 서슴지 않고 실천한다.

그에게 쓸쓸함이란 존재하지 않았기에 그가 할 말이 궁금했다.

"결국에는 또 포기하는군. 네게 끈기를 요구했다는 것 자체가 멍청했다."

순간 욱한다.

나는 뒤를 돌아보며 소리쳤다.

"끈기가 없다고? 그럼 지난 9개월간 어떻게 참았겠어! 넌 내가 검술 훈련하는 걸 좋아하는 것 같냐? 하루 종일 이 검을 휘둘러 대는 게 즐거워서 하는 거라 생각해? 착각하지 마. 생존 본능이야. 알아? 이 요하네스에서 일반적인 상식이 안 통하니까 직접 놈들에게 깨우쳐 주기 위해서 이렇게 개고생을 하는 거라고!"

9개월 동안 포기하고 싶지 않은 날이 하나도 없었다.

그걸 내가 어떻게 참아왔는데!

뻣뻣대마왕이 그 모든 걸 무시하자 정말 화가 났다.

뻣뻣대마왕은 내 말에 조금도 느끼는 게 없는 얼굴로 입을 열었다.

"그중 4개월은 아무런 불만도 없지 않았나? 조금만 해도 발전하니까 힘들어도 꾹 참은 게 아니냔 말이다. 그런데 5개월 동안은 아무리 해도 나아지는 게 없고, 다른 상급생들의 발끝에도 못 미치는 검술밖에 없는 네 자신이 너무 한심스러워서, 힘들어서 포기하려는 것이고."

"……."

딱히 반박할 말이 떠오르지 않았다.

"네가 생체 에너지를 발견하지 못한 데에는 많은 이유가 있겠지만, 그중 가장 큰 게 뭔지 알고 있나? 그건 바로 네 유아적인 사고방식이다. 일반적인 상식? 평민들은 너를 숭배해야 하는 게 일반적인 상식인가?"

"그래! 나는 귀족이고, 놈들은 평민이잖아!"

뻣뻣대마왕은 나를 한심하다는 듯이 쳐다봤다.

"평민이 귀족을 숭배해야 하는 이유가 있나?"

"그거야 귀족이 평민들 대신해서 이 세계를 운영하니까! 우둔한 평민들은 죽었다 깨어나도 하지 못하는 걸 귀족들은 할 수 있으니까!"

국가를 운영하고, 사회의 체계를 유지하는 관리직을 맡는 게 모두 귀족이다. 겨우 인류의 2~3퍼센트에 속하는 귀족들이 나머지 평민들을 위해 희생을 하고 있다. 평민들은 그 사실에 감사해야 한다.

뻣뻣대마왕은 이번에 미소를 지어 보였다.

기쁨이나 그 비슷한 감정에 의한 미소가 아니었다. 한심함과 연관되는 그런 비슷한 의미의 미소가 분명했다.

"그 일을 평민들은 못한다고 생각하나? 예를 하나 들어보겠다. 검술 기관도 하나의 작은 사회이다. 검술 기관을 운영하는 데에는 정치적인 요소도 포함된다는 말이다. 황제의 인정을 받아야 하고, 분기별로 황궁에 찾아가 지금까지의 성과를 보고한다. 황제의 지원을 받아 다음 분기의 이벤트에 맞춰 예산을 측정한다. 이 모든 게 귀족들이 영지를 운영할 때 하는 일들이 아닌가?"

나는 잠시 생각했다.

확실히 비슷한 점이 있었다. 하지만 그렇다고 내가 그의 말에 인정을 하는 건 아니었다.

"그건 달라! 그래서 요하네스의 수준이 겨우 이 정도잖아. 베네하임이나 모나크의 발끝에도 못 미치는 기관이라는 걸 세상의 모든 사람들이 알아. 그게 전부 학생들은 물론 교수진의 무능함 탓 아니겠어?"

요하네스의 평판은 전체적으로는 꽤 높은 편이다.

하지만 대다수의 귀족들은 이 요하네스를 탐탁지 않게 여기고 있다. 평민 학생들을 받기 때문이다.

…나 역시 그렇게 생각하는 귀족 중 하나이다.

요하네스에서는 큰 자유가 없다. 과목이야 선택할 수 있겠지만, 항상 일정을 지켜야 한다. 뿐만 아니라 아침의 체력 훈련을 빠질 권리는 조금도 없다.

요하네스의 규칙은 억압적이며 비효율적이라고 생각한다.

베네하임과 모나크의 학생들과 검술을 나눠본 적은 없겠지만, 그들의 시스템은 알고 있다.

그 시스템은 요하네스의 것보다 훨씬 우월하고, 귀족들이 그런 고등한 시스템 속에서 수련을 하니 확실히 그들이 요하네스의 학생들보다 나을 것이다.

내 논리정연(?)한 말에도 뻣뻣대마왕의 어색한 미소는 여전히 가시지를 않았다.

"혹시 알고 있나? 3대 검술 기관이 지금까지 비공식적으로 서로 교류를 해왔다는 사실을?"

"……."

곰곰이 생각해 보니 그런 루머가 있었다.

그것도 상당히 어이없는 루머가…….

"검술제를 말하는 거냐?"

뻣뻣대마왕은 고개를 끄덕였다.

"검술의 기재들을 각 기관에서 뽑아 검술제를 5년마다 한 번씩 연다. 그야말로 최고의 인재들이 한자리에 모여 자신들의 경지를 시험할 수 있는 대회라고 할 수 있지. 지난 50년 동안 검술제의 우승자를 어느 기관에서 배출해 왔는지 알고 있나?"

"그게 다 거짓말이라는 거 모든 사람들이 다 알고 있어!"

뻣뻣대마왕은 내 항변에도 꿈쩍도 하지 않았다.

"그렇다. 우리 요하네스다. 그것만으로도 우리의 교육 방식이 다른 곳의 것보다 우월하다는 게 증명되지 않나?"

"비공식적인 루머일 뿐이야. 아무도 인정하지 않는 거라고! 게다 아무도 믿지 않아. 그런 유언비어를 내가 믿을 줄 아냐?"

얼굴이 화끈거린다.

왠지 억지를 쓰는 것만 같다.

분명히 상대가 맞는데 자존심 때문에서라도 굽힐 수 없을 때 느껴지는 기분이다.

뻣뻣대마왕은 한층 강렬한 눈빛으로 날 노려봤다.

"마음대로 생각해라. 하지만 한 가지 확실한 건 네가 그 썩어빠진 가치관을 버리지 않는 한 생체 에너지를 발견할 수 없을 것이다. 그리고 검술에 대한 순수한 욕망을 키워라. 네게는 분명 그런 욕망이 있다. 지금은 단순히 남보다 우월하기 위해 검술을 배우고 있지만, 너는 검술의 매력을 이미 맛보아 알고 있다. 그 감정을 일깨워라. …아니면 도태되던가."

그 말을 끝으로 개인 연무장을 떠나는 뻣뻣대마왕이었다.

뻣뻣대마왕이 사라진 지 한참이 지나고서도 나는 자리를 떠날 수 없었다.

머리가 복잡했다.

강해지고 싶었다.

약해 빠진 건 정말 싫다.

남보다 내가 우월하다는 걸 느끼고 싶다.

원래는 그걸 증명하기 위해 노력하지 않아도 되었다.

나는 귀족이었다.

귀족 중에서도 귀족.

아신의 직계 혈통이었다.

그 사실 하나만으로도 상대들은 나에 의해 열등감을 느낀다.

난 존재 자체로 남들과 구별되었다.

하지만 이 요하네스에서는 내가 귀족이라는 점을 존중하는 사람이 없었다.

교수진이고, 학생이고.

처음에는 '우와' 하며 놀라는 듯했지만, 지금은 오히려 나를 평민만도 못한 존재로 보고 있었다.

나는 존중받아야 한다.

코베 사건 이후 조금은 존중을 받고 있었지만 부족하기 짝이 없었다.

평민들은 나를 두려워해야 한다.

모든 평민들이 말이다.

요하네스에서 내가 원하는 걸 얻기 위해서는 강해져야 한다.

검술로 놈들을 눌러줘야 한다.

나와의 수준 차이를 직접 느끼게 해줘야 한다.

내 명예를 위해서 나는 강해져야 했다.

얼마나 오래 걸릴지는 모른다.

하지만 최대한 빨리 얻어내야 한다.

그걸 이루기 위해선 일단 눈앞의 벽 하나를 허물어야 했다.

이 정도로 물러설 내가 아니었다.

난 이겨낼 수 있다.

나는 귀족이다.

"생체 에너지라……."

생체 에너지의 발견이 겨우 검술의 입문 절차라고 했던
가?

"흥."

그 정도는 가볍게 짓밟아주겠다.

2

벌써 입학한 지 1년이 지났다.

봄에 입학을 했는데, 어느새 다시 봄이다.

중간에 방학과 같은 쉬는 기간이 없었기 때문인지는 몰라
도 정말 힘든 1년이었다.

다른 기관에서는 여름에 3개월을 쉰다.

가만히 있어도 땀이 바다를 이루는데, 거기다 고된 훈련까
지 해봐라.

쓰러지지 않고는 배길 수 없을 것이다.

실제로 나는 여름 기간 내내 탈수 현상과 동고동락해야 했
다.

물론 그런 내 상태에도 불구하고 뻣뻣대마왕은 나를 죽음
의 구렁텅이로 밀어 넣었지만…….

작열하는 열기를 고려하여 베네하임과 모나크에서는 방학
기간을 갖는데, 요하네스에서는 여름에도 고된 훈련을 계속

했다.

평소와 한 가지 다른 게 있다면, 오후에 야외 훈련이 없다는 것 정도?

요하네스에서는 한 단계가 끝나는 시점에만 방학을 1개월씩 준다.

2년마다 1개월만 요하네스의 밖에서 생활할 수 있다는 말이다.

"휴우."

생각만 해도 막막하다.

지난 1년을 버텨온 내가 자랑스럽기는 했지만, 또다시 1년을 견뎌야 숨을 좀 고를 수 있다고 생각하니 미칠 것만 같았다.

그리고 겨우 참아내 1개월 동안 어느 정도 기력을 회복하면 다시 2년, 그리고 그런 악의 순환을 3번이나 더 겪어야 졸업을 한다는 사실에 자살 충동이 무럭무럭 자라기 시작했다.

짝짝.

얼굴을 손바닥으로 때렸다.

내가 바꿀 수 없는 상황에 대해 떠올려 봤자 나만 손해다.

생각을 함으로써 단명의 지름길인 고혈압이 아닌 조금은 생산적인 에너지를 줄 수 있는 주제를 떠올렸다.

생체 에너지.

내가 지금 겪고 있는 답답함의 유일한 탈출구가 되어줄 수 있는 것!

나는 생체 에너지를 발견해야 했다.

물론 내가 혼자서 그런 난해한 개념을 이해할 수 있을 리가 없으니, 교수의 도움을 받아야 하는데…….

이미 뻣뻣대마왕과는 돌이킬 수 없는 사이가 되어버렸다.

그때 뇌리를 스치는 과목이 있었다.

생체 에너지의 발견.

필수 과목 중 하나로써 일주일 시간표의 네 칸을 차지하는 정규 과목이다.

사실 이 과목의 이름을 생각해 보면 내가 지금까지 이것에 매달려 있을 이유가 없었다.

지난 1년간 배워온 과목이고, 필수 과목인만큼 수업 수가 가장 많은 과목 중 하나였다.

1년간이나 배운 과목이란 말이다.

1년이 지났으면 적어도 이 벽을 어떻게 허물어야 하는지 정도는 감이 잡혀야 하는데, 나는 암흑 속에서 길을 찾아가고 있는 것만큼이나 대책이 없었다.

그렇게 오랜 세월 배웠는 데도 얻은 게 조금도 없었다.

　상식적으로 이해가 가지 않겠지만, 당연하게도 이 상황에 대한 타당한 이유가 있었다.

　멍청이가 아닌 한 1년 동안 아무것도 배우지 못했다는 건 충격적이겠지만, 이유를 들으면 무릎을 탁! 치고 고개를 미친 듯이 끄덕일 정도로 인정할 것이다.

　"후후후."

　웃음밖에 안 나온다.

3

　드르렁!

　처음에는 환청이라고 생각된다.

　쿨쿨.

　그 다음에는 천장에 쥐가 돌아다니는 소리라고 생각하기 십상이다.

　시간이 흐를수록 그 소리는 점점 커지는데······.

　드르렁, 쿨쿨!

　이 소리를 처음 들으면 지진이라고 착각하게 된다.

　만약 돼지소년이 먼저 책상 아래로 기어 들어가서 벌벌 떠는 호들갑을 보이지 않았으면 내가 그렇게 행동했을 것이다.

평범한 주황 곱슬머리에 살은 뒤룩뒤룩 찐, 항상 수업 시간에 짜증나는 질문으로 수업을 질질 끌게 만드는 돼지 소년의 추태에 역겨움이 치밀지 않았으면, 내가 그런 경멸의 대상이 되었을 거란 말이다.

드르렁~

하지만 1년이 지난 지금 이 소리는 꽤나 익숙해졌다.

지진 혹은 천둥번개를 연상케 하는 소리는 다름 아닌 발레키가 코고는 소리였다.

"……."

그렇다.

발레키는 항상 푹신한 가죽 의자에 앉아 긴 두 다리를 책상 위에 쭉 내뻗은 채 잠을 잤다.

어깨까지 내려오는 은발로 눈을 가린 채 자는 그의 모습이 그렇게 편해 보일 수가 없었다.

예리한 칼날을 연상케 하는 콧날에 분홍빛이 감도는 입술이 매력적…… 이라고 말해주고 싶었지만, 그 예쁜 입이 활짝 벌어진 채 그 사이로 침이 줄줄 흘러나오는 모습은 매력의 범위에 속하지 못했다.

생체 에너지의 발견을 배운 지 어언 1년간 발레키는 항상 저런 모습이었다.

수업은커녕 그가 깨어 있는 걸 보기가 힘들었다.

가끔 그가 깨어서 수업을 하는 듯싶으면,

"명상하세요. 그리고 생체 에너지가 발견되면 절 깨우세요. 그전에는 깨우지 마세요."

처음에는 몇몇의 평민들이 불평도 해보고, 제발 좀 뭔가를 가르쳐 달라고 애원하는 놈들도 있었다.
그렇지만 상대는 발레키였다.
1년이 지난 지금 평민들은 그의 모습에 너무도 익숙해져 있었다.
생체 에너지의 발견은 항상 쉬는 시간이었다. 자신이 원하는 걸 할 수 있는 자유 시간이기도 했다.
절대 그 이상도 이하도 아니란 말이었다.
평소의 나는 그 정도로 만족했다.
뺏뺏대마왕에게 특별 훈련을 받던 시절 나는 휴식이 절실히 필요했다. 열심히 몸을 놀릴 때는 그냥 힘들기만 한데, 정작 그 시간이 지나 쉬게 되면 온몸에 알이 배겨 움직일 때마다 괴로웠다.
그랬기 때문에 이 시간에 휴식을 취하곤 했다.
하지만 오늘은 달랐다.
뺏뺏대마왕의 지옥 훈련이 더 이상 없어서인지 몸에 힘이 넘쳐 났다.

가만히 앉아 있으면 엉덩이에 종기가 날 것만 같았다.

"드르렁, 쿨쿨!"

나는 발레키의 앞으로 다가갔다.

침을 질질 흘리면서 곯아떨어진 모습을 보면서 과연 그가 내게 뭔가를 가르칠 수 있는 능력이 있는지가 궁금해졌다.

뚝뚝.

발레키의 입가를 타고 흐르던 침이 어느새 바닥에 뚝뚝 떨어지고 있었다.

"……."

발걸음이 저절로 멈춰졌다.

부질없는 짓이라는 생각이 들었지만, 확실히 그는 내 유일한 희망이다.

'유일한 희망?'

나는 씁쓸한 미소를 지으며 발레키를 깨웠다.

"흐응?"

헝클어진 머리 사이로 튀어나온 희멀건 눈은 살아 있는 인간의 것이 아니었다.

평소의 보석 같은 푸른 눈은 어딘가 독특한 분위기를 자아냈는데, 이건 뭐, 폐인이 따로 없었다.

"발레키!"

나는 놈의 어깨를 잡았다.

그리고 그에게 가까이 다가서며 말했다.

"생체 에너지를 느낄 수 있게 도와줘!"

사실 발레키는 잠결에 내 말을 얼핏 들었을 것이다. 그런데도 놈은 곧바로 고개를 끄덕였다.

그리고는 얼굴을 붉혔다.

"크리스티안님을 가르치는 건 언제나 영광이랍니다."

발레키는 그 말을 끝으로 나를 세게 끌어안았다.

지금의 상황을 제대로 파악하기도 전에…….

"이 따스함 있죠? 이게 바로 사람의 몸을 이끄는 원동력입니다. 남들은 사랑이라고 표현하기도 하고, 선, 정의라고 말하기도 하지만 저에게는 그냥 온기랍니다. 자아, 강의 끝. 이제 다시 잘게요. 그럼 굿나잇!"

"……."

발레키는 순식간에 다리를 쭉 펴고 편하게 눕는 취침 자세를 갖췄다.

그 신속함에 놀라기도 전에,

"드르렁, 쿨쿨."

"……."

어느새 잠이 든 놈의 모습을 보자면 경악, 그 자체였다.

발레키가 선잠에서 숙면으로 넘어가는 데 찰나의 시간도

걸리지 않는다는 놀람의 감정이 가심과 동시에 새로운 색의 감정이 떠올랐다.

분노!

퍽!

나는 나도 모르게 발레키의 머리를 쥐어박았다.

나도 놀랐지만, 사실 발레키를 보면 때리지 않고는 배길 수가 없었다.

"악!"

발레키는 두 손으로 머리를 감싸며 나를 올려봤다.

"무슨 짓입니까!"

나는 애써 눈에 힘을 주었다.

"네 힘이 필요해. 사실 네가 내게 무엇인가를 가르칠 수 있을지는 잘 모르겠지만, 그래도 필요해. 그러니까 오늘 당장 뭔가를 가르쳐 봐. 알았어?"

뜬금없다는 걸 안다.

평민들의 표정을 보면 지금 내가 하고 있는 말들이 얼마나 어처구니없는지도 안다.

상황도 참 묘했다.

잘 자고 있는 사람을 두들겨 패서 한다는 말이 '네가 필요해' 라니.

그래도 힘을 준 눈이 먹혔을까?

발레키는 선뜻 고개를 끄덕였다.

"정말?"

사실 발레키에게 무엇인가를 원한 건 아니었다.

생체 에너지를 발견하고자 하는 의지가 강렬하기는 했지만, 지금 뜬금없이 발레키를 갈군 건 단지 현재 내 상황이 너무 답답해서 누구한테 화풀이를 하지 않으면 미칠 것만 같아서였다.

그때 발레키는 무엇인가를 이해할 수 없다는 듯 고개를 갸웃거리며 물었다.

"그런데 생체 에너지를 어떻게 가르치는 거죠?"

"……."

이렇게 발레키의 수업이 시작되었다.

한참 동안 가르치는 걸 쉬어서 그런지는 몰라도, 그의 머리에 자극(?)을 주면서 기억을 상기시켜 주는 작업을 통해 수업은 본 궤도에 오르기 시작했다.

처음에는 아무런 도움도 되지 않았다.

교수로서 발레키의 자질을 심각하게 의심할 정도로 아무런 도움이 되지 않았다.

놈의 답답한 교수법에 어느 정도 성과를 본 건 세월이 조금 지나서였다.

어쨌든 그건 나중이었고, 처음에는 정말 미칠 정도로 답답
하기만 했다.

그 시작은…….

4

찍찍.

"너, 해보자는 거냐!"

그러자 놈의 눈매가 얇아졌다.

찍찍찍.

게다 입꼬리가 한쪽으로 올라갔다.

"나, 날 비웃는 거냐!"

마음 같아서는 당장에 놈을 때려 죽이고 싶었다.

하지만 놈은 철창 안에 있었다.

"젠장! 사람을 비웃는 햄스터라니……."

찍찍찍.

단순히 햄스터가 우는 소리이지만, 정말 날 비웃는 소리로
밖에 안 들린다. 특히 이놈 특유의 조소까지 지어 보이고 있
었으니 의심할 여지가 없었다.

흰 쥐에 갈색 반점을 덕지덕지 붙여놓은 것만 같은 햄스터
는 처음 만난 그날부터 마음에 들지 않았다.

찍찍찍.

"조용히 해!"

한낱 동물이랑 이렇게 싸우고 있다는 사실이 한심했지만, 놈의 찍찍거림은 사람을 미치게 하는 그런 게 있었다.

찍찍찍.

이번에는 특유의 조소가 아닌, 무표정으로 나를 가만히 보면서 찍찍거렸다.

기분 때문인지는 몰라도, '미친놈' 이라고 쓰여 있는 것만 같았다.

"죽고 싶어!"

저절로 씩씩거려진다.

쥐 따위에게 농락당하는 이 기분은 정말 말로 어떻게 형용할 수 있는 게 아니었다.

나는 놈을 향해 달려갔다.

작은 철창 안에 갇혀 있는 주제에 깐죽거리다니!

그때였다.

쾅!

"……."

고통은 바로 찾아오지 않는다.

먼저 코가 후끈 달아오르고, 그 다음에 쓰라림이 물밀듯이 밀려온다.

"크윽."

너무 흥분했던 나머지 나는 바닥에 베개가 아무렇게나 널브러져 있었다는 걸 못 보고 그것에 걸려 그대로 앞으로 넘어졌다.

그것도 너무 세게.

코뼈가 어긋나지는 않았을까 의아할 정도로 세게 넘어졌다.

찍찍찍찍.

다시 햄스터의 비웃음 소리가 들려온다.

유난히 크게 들리는 건 내 착각일까?

나는 씩씩거리며 놈을 올려다봤다.

찍찍.

놈은 작게 울며 고개를 절레절레 흔들었다.

'저런 한심한 놈'이라고 생각하는 게 눈에 훤했다.

"크오오! 좋아. 해보자, 이 사악한 쥐 놈아!"

불에 기름을 끼얹은 건 저놈이었다.

나는 철창을 향해 다가갔다.

물론 바닥의 베게는 멀리 차버린 후였다.

"……?"

그때 나는 이 쥐 놈이 뭔가 달라졌다는 사실을 알게 되었다.

특별히 신체적인 구조가 달라진 게 아니라 그의 눈이 뭔가 달라졌다.

보석처럼 빛나는 새까만 눈동자가 이글이글 타오르는 듯한 느낌이랄까?

나는 이마를 탁! 쳤다.

"호오, 쥐라는 호칭이 마음에 안 드는 거냐?"

쥐 놈은 가만히 나를 노려보고 있었다.

찍찍하며 비웃지도 않았고, 고개를 조금도 움직이지 않았다.

"큭큭. 너 열 받은 거냐? 쥐, 쥐, 쥐! 쯧쯧, 그렇게 노려보면 어떻게 할 건데? 한 판 붙어볼까? 넌 그냥 한 번 밟으면 찌그러져. 알아?"

평소 같으면 조소를 한 번 띠며 날 비웃어 줄 텐데, 쥐 놈은 가만히 나를 노려봤다.

나는 웃으면서 철창을 열었다.

이때야말로 본때를 보여줘야 했다.

그렇지 않으면 분명 아까처럼 기어오르려 들 것이다.

철컹.

자물쇠를 풀고 철창을 열었다.

손을 집어넣어 놈을 꺼내기에는 입구가 너무 작아 철창을 흔들어서 놈을 빼내려…….

“악!”

나는 자동적으로 철창을 집어 던져 버렸다.

그와 함께 쥐 놈 역시 내 손에서 벗어났다.

나는 분노에 가득 찬 눈으로 쥐를 노려봤다.

쥐 놈은 바닥에 내팽개쳐진 고통에 몸부림 치고 있었다.

“지금 날 물었냐?”

그랬다.

내가 철창을 열자마자 쥐 놈은 육중한 몸을 이끌고 의외로
빠르게 돌진해 내 손을 물었다.

그 긴 이빨이 얼마나 깊숙이 들어왔는지 손의 흰 뼈가 드러
났다.

피 역시 뿜어져 나오고 있었다.

나는 놈을 짓밟으려고 발을 들었다.

쾅!

그리고 있는 힘껏 밟았다.

그 결과로…….

“악!”

내 발은 딱딱한 바닥을 때렸다.

“이 사악한 쥐 자식!”

그 얍삽한 쥐 놈은 고통에 몸부림치는 척을 하면서 기다
렸다가 내가 발을 듦과 동시에 침대 밑으로 기어 들어갔다.

결국 쥐 놈을 밟았어야 할 내 발은 맨바닥을 때렸고, 결
국…….

"붓잖아!"

발목이 기이하게 꺾인 게 눈에 들어왔다.

그것도 잠시, 급속도로 붓다 보니 발목이라는 부분 자체가
사라졌다. 그냥 둥그런 공이 발과 종아리 사이에 자리하고 있
었다.

당장에 놈을 쫓아 혼쭐을 내버리고 싶었지만, 이 상태로는
무리였다.

하지만 그렇다고 포기할 내가 아니었다.

당한 대로 되갚는다.

이대로 쥐 놈에게 농락당할 수는 없었다.

나는 옆에 놓인 검집을 들어 침대 밑을 훑었다. 정말 거칠
게 휘둘러 쥐 놈을 때릴 수 있기를 원했다.

하지만 아무리 휘둘러도 검끝에서는 내가 원한 짜릿한 감
촉을 전해주지 못했다.

분명 놈은 침대 밑을 기어 들어갔다. 그렇다면 분명 이 아
래에 있다는 말인데 맞지를 않는다.

나는 벽에 구멍이 있는지 의심해야만 했다.

생각이 거기에까지 미치자 나는 확인해야만 했다.

찍찍찍!

내가 막 고개를 숙였을 때였다. 갑자기 쥐 놈이 내게 돌진하고 있었다.

"엇?"

정말 놀랬다.

너무도 놀란 나머지…….

쾅!

침대에 머리를 박았다.

침대 아래의 좁은 공간에 머리를 들이밀었는데, 너무도 놀라 그 사실을 망각한 채 고개를 들어 피하려고 했다.

그리고 그 결과로 혼절하기 일보 직전까지 갔다.

머리가 깨질 듯이 아파다는 사실을 뒤로하자 쥐 놈이 아직도 내 앞에 있다는 사실을 알게 되었다.

찍찍.

쥐 놈은 특유의 조소를 지어 보였다.

한쪽으로만 입꼬리가 말려 올라가는, 그런 초사악한 미소를 말이다.

"너, 이 자식. 죽었어!"

나는 황급히 검집을 휘둘렀다.

퍽!

너무도 좁은 공간인지라 검집이 침대에 걸렸다.

"짜증나!"

신경질을 내며 대충 검집을 침대 아래에 휘둘렀다.

하지만 너무 늦었다.

이미 쥐 놈은 벽에 있던 구멍 속으로 쏙 들어가 버렸다.

"젠장!"

정말 욕밖에 안 나온다.

오늘이 햄스터를 받아온 지 첫 번째 되는 날이었다.

그런데 벌써 이 쥐 놈이 질렸다.

오늘만 해도 셀 수 없이 많은 접전을 펼쳤다.

신경전, 육탄전은 정말 헤아릴 수 없을 정도로 많았다.

하지만…….

"다 졌어!"

햄스터 놈한테 농락당한 건 정말 굴욕적이었다. 마치 발레키한테서 '왜 이렇게 게으르십니까?'라는 말을 들은 것과도 같았다. 마치 뻣뻣대마왕한테 '넌 왜 이렇게 꽉 막혔나?'라는 말을 들은 것과 마찬가지였다!

치욕도 이런 치욕이 없고, 만약 우리 가문의 누군가가 봤다면 날 아신 가에서 바로 추방할 것이다.

툭툭!

혹시나 해서 쥐구멍에 검집을 쑤셔 넣었다.

하지만 아무것도 걸리지 않았다.

구멍 앞에서 기다릴 멍청한 쥐 놈이 아니었다. 놈은 영악했다.

"휴우."

검집을 회수하고 침대 밑에서 나오려던 찰나,

찍찍!

다시 쥐 놈이 돌진해 나왔다.

이번에도 역시 놀랐다.

놈이 갑자기 돌진할 줄 누가 알았던가!

그리고 아까와도 마찬가지로…….

쾅!

황급히 피하려던 나는 머리를 다시 침대에 들이박아야 만
했다.

정말 별이 보이려고 한다.

고개를 세차게 저어 어느 정도 정신을 차리자 다시 쥐 놈이
눈에 잡혔다.

찍찍찍.

또다시 쥐 놈은 날 비웃었다.

그리고 놈은 내가 미처 검집으로 놈을 찍어버리기 전에 쥐
구멍 안으로 유유히 들어갔다.

똑같은 수법에 2번 당했다.

바보도 똑같은 방법에 2번은 안 당한다고 하던데…….

저절로 자조적인 미소가 걸렸다.

오늘은 포기였다.

더 이상 놈을 상대할 기력이 남아 있지를 않았다.

내가 막 침대 밑을 나오려던 그때였다.

찍찍!

다시 놈의 사악한 울음소리가 들렸다.

나는 미소를 지으며 천천히 침대 밑을 나왔다.

또다시 침대를 머리에 부딪치는 추태를 보일 수는 없었다.

그리고 나는 놈이 침대 밑에서 나오기를 기다렸다.

분명 놈은 나에게 돌진할 것이다.

그 틈을 타 놈에게 복수할 기회를 기다렸다.

"……."

하지만 꽤나 긴 시간이 지나도 쥐 놈은 나오지를 않았다.

혹시나 싶어 침대 밑에 다시 머리를 들이밀었다.

역시나 쥐 놈은 털끝 하나도 보이지 않았다.

놈은 단순히 울음소리로 날 겁준 것이다.

울음소리만으로도 도망치는 내 꼴을 보며 얼마나 비웃었을까.

놈의 조소가 저절로 상상이 된다.

그때…….

찍찍!

듣는 것만으로도 오한이 들게 하는 울음소리가 들렸다.

이건 진짜일까, 가짜일까.

쥐 놈이 나를 또 어떻게 농락하려고 하는 걸까!

머리가 복잡했다.

그것이 화근이었다.

갑자기 쥐 놈이 쏜살같이 달려오기 시작했다.

그러니까 기습!

안 그래도 머리가 복잡한데, 놈이 너무도 빠르게 돌진하자 깜짝 놀랐다.

결국 나는…….

쾅!

나도 모르게 지난 2번의 경우와 마찬가지로 똑같이 반응을 했다.

"큭!"

눈이 튀어나올 것만 같은 고통이었다.

그런 극심한 고통이었지만, 현재 내가 느끼고 있는 정신적인 고통에 비하면 새 발의 피도 못 되었다.

나는 놈에게 철저히 유린당했다.

똑같은 방법으로 3번 당했다.

난 바보 중에서도 바보였다.

"……."

지금 주먹코나 흉터괴물이 내게 와서 '너, 바보지?' 라고 말해도 반박할 거리가 없을 것이다.

나는 황급히 침대에서 기어나왔다.

이젠 정말 기력이 없었다.

더 이상 놈에게 날 비웃을거리를 줄 수는 없었다.

일단은 작전상 후퇴.

나는 퉁퉁 부은 발목과 뒤통수를 쓰다듬으며 침대에 누웠다.

"윽."

역시 뒤통수의 혹 때문에 바로 누울 수 없자 반대로 돌아누웠다.

으드득.

내가 이렇게 비참함을 느끼게 한 사건의 원인을 제공한 사람을 떠올렸다.

발레키.

나는 발레키를 저주했다.

그는 내가 그를 갈군 다음 수업에 새로운 과제를 나누어 주었다.

사실 그 과제를 받으면서도 의심을 지울 수 없었다.

하지만 놈은 내게 선택의 여지를 주지 않았다.

그와의 대화가 기억에 선명했다.

"이게 뭐야?"

4단계의 학생들이 발레키의 지시에 따라 가져온 건 철창들이었다.

"햄스터랑 햄스터 우리입니다."

단순한 철창이 아니었다.

햄스터가 들어가 있는 작은 철창이었다.

"그걸 말하는 게 아니잖아!"

내 말에 발레키는 머리를 긁적이다, 한참이 지나서야 알아들었는지 무릎을 탁! 쳤다.

"물론 그 옆에 물병이 붙어 있고, 햄스터 집을 안에 잘 만들어놓았습니다. 그리고 햄스터들이 좋아하는 톱밥도 깔아져 있습니다. 음, 햄스터, 우리, 집, 톱밥, 그리고 물병. 그게 다입니다."

"……."

나는 가만히 발레키를 노려봤다.

제발 농담이기를…….

아무리 멍청해도 내 말을 못 알아들었을 리가 없었다.

발레키는 잠시 내 눈빛의 의미를 찾는 얼굴이었다.

"아! 하나가 더 있었군요. 밥통도 그 안에 있습니다. 있다가 사료도 나눠 드릴 거랍니다. 역시 크리스티안님은 예리하시네요. 단번에 모든 걸 파악하시니 말이에요."

이마에 힘줄이 돋는다.

"그게 아니라, 왜 햄스터를 가져왔냐고! 생체 에너지를 발견하게 해달라고 했지, 언제 '외로우니까, 햄스터 가져와'라고 했냐!"

발레키는 그제야, '아, 그 뜻이었습니까? 진즉에 말씀하시지'라는 표정을 지어 보였다.

그는 말을 많이 나누지 않고서도 상대로 하여금 살인 충동을 일으키게 하는 독특한 재주가 있었다.

"생체 에너지를 발견하게 해달라고 하셨죠? 그래서 제가 이 귀여운 햄스터들을 가져온 거랍니다~ 바로 이 햄스터들이 생체 에너지를 발견할 수 있게 해드릴 거랍니다."

"……."

나는 가장 가까운 철창에 다가갔다.

그리고 그 앞에 쭈그려 앉아 햄스터들을 유심히 쳐다봤다.

혹시나 '같이 있기만 하면 생체 에너지가 보이게 하는' 그런 특별한 능력을 지닌 햄스터일 수도 있다는 생각에서였다.

하지만 이 갈색 반점의 쥐 놈들은 다른 햄스터들과 크게 달라 보이지 않았다.

“이거 그냥 평범한 햄스터 아니야?”

요하네스에는 마법사가 있다고 했다.

어쩌면 그 마법사가 햄스터를 진화(?)나 그 비슷한 계열로 변하게 만들어서 생체 에너지를 발견하는 데 중요한 역할을 하게 했을 수도 있다는 생각이 조금 들었다.

그게 아니라면 저렇게 당당한 발레키의 태도는 이해할 수가 없었다.

‘…….’

어쩌면 말도 안 되는 걸로 우기는 발레키의 태도를 이해할 수 있을지도 모른다.

발레키가 아니었던가.

하지만 내 정신 건강을 위해서라도 그 미지의 마법사가 마법의 햄스터를 창조했다고 믿고 싶었다.

발레키는 고개를 갸웃하며 물었다.

“누가 특별한 햄스터래요?”

“…….”

나는 피식 웃으며 머리를 벽에 박았다.

‘내가 바보지.’

발레키는 발레키다.

그 이상도 그 이하도 아니다.

그에게서 무엇을 바란다는 것 자체가 내 정신 건강을 포기하는 행위였다.

"그럼 넌 지금 평범한 햄스터가 생체 에너지를 발견하는 데 도움이 된다는 거냐! 그게 말이나 되냐!"

내 논리정연한 말에 다른 평민들이 동의하는 표정들을 지었다.

이런 일은 결코 흔치 않았다. 아니, 거의 없었다. 하지만 이번만큼은 인정할 정도로 내 말은 사실이었다.

발레키는 학생들의 살기 어린 시선을 받으면서도 당당히 입을 열었다.

"네, 생체 에너지는 모두에게서 느낄 수 있답니다. 인간마다 동물마다 그 생체 에너지의 성질이 모두 다르지만, 분명 그들도 생체 에너지가 있어요. 이 햄스터들은 대륙의 남쪽 지방에서 직접 데려온 아슐라 종으로써 가장 생기가 넘친 동물 중 하나예요. 항상 많이 움직이는 걸 좋아하고, 그만큼 생체 에너지가 풍부하게 발산되는 동물이기도 하답니다. 이 햄스터들을 잘 보살피고, 가까이 하다 보면 결국 생체 에너지를 빨리 발견할 수 있으실 거예요."

"……."

발레키의 말을 듣고 있다 보면 진지한 내용이 어이없이 들리기도 했고, 어이없는 내용이 진지하게 들리기도 했다.

그와 1년을 넘게 함께해 왔지만 아직도 감을 전혀 잡지 못하고 있었다.

"정말?"

자연스럽게 놈을 의심할 수밖에 없었다.

발레키는 주저없이 고개를 끄덕였다.

"네. 제 학습법은 항상 최고였답니다. 현재 2~5단계의 학생들 역시 제게서 생체 에너지의 발견을 배웠어요. 그 정도면 충분한 성과죠?"

'나 잘했죠?'라는 눈빛으로 눈을 초롱거리며 나를 보는 발레키였다.

'거짓말!'

4단계의 학생들이 얼마나 괴물 같은지 나는 잘 알고 있었다.

그런 놈들보다 5단계의 놈들이 훨씬 무서울 거라는 사실은 나도 쉽게 추측할 수 있었다.

그런 괴물들이 모두 발레키를 거쳤다니!

'이런 괴물 제조기!'

발레키는 사실 외계에서 지구를 침략하려는 목적으로 왔는데, 현재 요하네스에서 그의 대의에 동참할 괴물들을 양성하고 있…… 다는 어이없는 생각을 할 정도로 놈이 달라 보였다.

그때 갑자기 뇌리를 스치는 생각이 있었다.

"근데 왜 지금까지는 그냥 명상만 시켰냐?"

이건 정말 궁금했다.

그냥 생체 에너지의 발견이 시작된 시점에서부터 햄스터를 나눠 줬으면 나는 뻣뻣대마왕과의 불화가 없었을 것이고, 지금보다 훨씬 강해져 있었겠지.

1년을 넘게 아무것도 가르치지 않은 놈을 이해할 수가 없었다.

발레키가 나름대로 진지한 표정을 지어 보이며 그의 얇은 입술이 열린 건 조금 후였다.

"똑같은 수업 방법에, 똑같은 수업 대상이라도 시기에 따라 학습 성과가 다르답니다. 저는 적절한 시기를 기다리고 있었던 거죠. 육체적인 단련이 절정에 이를 무렵을 말이에요. 그전에 가르칠 수도 있지만, 그럼 오히려 늦게 배운 것만도 못하답니다."

"……."

사실 이론에 대한 부분은 전혀 모른다.

발레키가 말을 꾸며서 해도 전혀 알아들을 수 없다는 말이다.

하지만 왠지 이 말은 진리 같았다.

"그럼 우리의 육체가 어느 정도 단련되었다고 판단하는 거냐?"

최고의 가능성을 보장받고 싶었다.

그래야 빨리 강해질 수 있으니까!

그리고 빨리 평민들을 때려눕힐 수 있으니까!

발레키의 표정은 조금 묘했다.

"아니요. 아직은 이릅니다."

"그럼 왜 지금 가르치려는 거지?"

발레키는 미소를 지었다.

"그거야 크리스티안님이 재촉하셨잖습니까. 그러니까 성
과가 별로 없어도 그건 크리스티안님 탓이에요~"

내가 그렇게 목을 매는 생체 에너지의 발견에 별 성과가 없
을 수도 있다는 청천벽력과도 같은 말을 대수롭지 않게 내뱉
는 발레키였다.

"그리고 다른 학생 분들의 손해도 감수하셔야 합니다. 이
모든 과정이 크리스티안님 덕에 이루어진 거니까요."

"……."

평민들이야 별 상관이 없지만, 그래도 왠지 책임감이 느껴
졌다.

발레키는 내 가슴을 철렁하게 하면서도 그에 준하는 좋은
말을 해주었다.

"또 제가 이 과정을 앞당긴 이유는 크리스티안님의 강한
소망을 느낄 수 있었기 때문입니다. 비록 시기가 적절하지는

못하지만, 의욕만 충분히 따라준다면 그 이상의 성과를 볼 수
도 있을 것입니다.”

“…….”

망치로 세게 두들겨 맞은 머리가 이번에는 천사의 어루만
짐을 받는 느낌이었다.

발레키는 쉼없이 날 몰았다.

“이 햄스터를 잘 키워보세요. 그리고 가까이하세요. 이게
과제입니다. 오늘의 수업은 여기서 끝, 앞으로도 끝입니다.
더 이상 이 수업은 없습니다. 이 수업 시간에 기숙사에서 햄
스터를 잘 키워보세요. 그럼 안녕히~”

이때 나는 잠시 고민해야 했다.

‘이거 정말 나 때문에 과정을 앞당긴 거야? 아니면 앞으로
수업을 하기 싫어서 앞당긴 거야?

이건 세계 불가사의에 당당하게 이름을 올릴 물음이었
다.

발레키는 이렇게 내가 정신없는 겨를을 틈 타 모든 걸 확정
지었다.

햄스터를 안 키우면 안 된다는 여지를 조금도 주지 않았다.

그것보다 학생들로 하여금 ‘햄스터를 안 키우면 안 될까?
와 같은 생각은 아예 못하게 할 정도로 발레키는 대단한 놈이

었다.

사람을 자기가 원하는 대로 조종한다.

정말 그런 느낌이었다.

찍찍!

침대 아래에서 울음소리가 들린다.

"휴우."

정말 한숨밖에 안 나온다.

가까이하라고?

친해지라고?

"썅!"

신경질을 내는 동시에 아주 위험한 음모의 냄새를 맡게 되었다.

발레키가 일부러 사악한 햄스터를 골라내어 직접 내게 줘 날 괴롭히려 한다는 엄청난 음모를 말이다.

찍찍!

"……."

5

후르릅.

쩝쩝.

우걱우걱.

단계가 높아질수록 덜하지만, 어쨌든 요하네스의 식사 시간은 전쟁이다.

음식은 충분히 보급된다.

하지만 정말 이 평민 놈들은 교양이라는 걸 전혀 모르는지, 일단 손에 잡히는 걸 입에 집어넣기 바쁘다.

음미란 존재하지 않는다.

오로지 입을 꽉 채우며 입이 볼록해질 때까지 쉬지 않고 먹는 게 식사에 있어 그들의 유일한 목적이다.

나는 주위를 둘러봤다.

식사 시간에 보면 각 인간의 인간관계를 대충 알 수 있다.

주몬 테이블의 가장 앞에는 남자 대표와 여자 대표, 그러니까 마빡대표와 환상얼굴이 마주 보며 앉아 있었다. 그리고 그 주위로 주몬의 간부들이 자리 잡고 있었다.

이들은 엘리트층이라 볼 수 있었다.

그들의 옆에는 또 다른 색다른 그룹이 있었다.

눈은 얇고, 입이 참 큰 부류였다.

그들은 엘리트층에게 접근하여 이런저런 아부를 떠는 부류였다.

그들이 말만 하면 무조건 고개를 끄덕이며 수긍하고, 그들의 옷이나 행동을 따라 하는 참 멍청한 부류였다.

그 외에도 음식을 정말 좋아하는 부류가 있었다. 검사 지망생들 주제에 살은 왜 그렇게 뒤룩뒤룩 찌웠는지 이해할 수가 없었다.

그들의 옆에는 책을 끼고 사는 공부벌레들, 그 어디에도 속하지 못하는 소외당하는 그룹, 외모가 되는 놈들이 모인 그룹 등이 있었다.

친구를 보면 그 사람의 됨됨이를 알 수 있듯, 그 사람이 같이 밥을 먹는 그룹을 보면 대충 그놈이 어떤 놈인지 알 수 있다.

이건 주몬 테이블에서만 보이는 양상이 아니었다.

다른 테이블에도 이런 부류들이 있었다.

놀랍게도 똑같은 종류의 부류들이 말이다.

저 옆의 사이 테이블에서 깐깐안경은 공부벌레 그룹에, 넓적얼굴은 먹보 그룹에 끼어 있었는데, 물론 뱁새눈도 거기에 끼어 있었다.

반대편의 바알 테이블에 주먹코는 그의 형 흉터괴물과 함께 엘리트층에 끼어 있었다.

"휴우."

나는 한숨을 쉬었다.

내가 유일하게 아는 평민들이었다.

그들과 지난 몇 개월간 아무런 교류도 하지 않았다.

아니, 못한 게 맞았다.

깐깐안경은 나와 같은 복도를 걷다가 나와 마주치면 바로 반대쪽으로 방향을 바꾼다.

넓적얼굴은 내가 접근을 하면 말문이 어느 정도 틀 것 같았지만, 언제나 옆에 있는 뱁새눈이 날 경계했다.

주먹코야 별 관심이 없다.

애초에 좋게 만나지 않았고, 헤어졌을 때도 그다지 좋은 감정을 가진 게 아니었다.

아니, 주먹코는 물론 다른 평민들도 다 필요없었다.

기껏 해봐야 평민 놈들이다.

그놈들이랑 교류를 하든 말든 아무 상관 없었다.

생각해 보면 놈들은 내 품격을 떨어뜨리는 존재에 지나지 않았다.

아쉬울 건 없었다.

"……."

하지만 이상하게도 놈들에게 눈이 간다.

그래도 다른 평민들치고는 괜찮은 놈들이었다.

재밌는 부분도 있었고.

나는 내 주위를 둘러봤다.

많은 그룹이 존재한다.

하지만 나는 그 어떤 그룹에도 속하지 않는다.

소외받는 놈들도 끼리끼리 모여 하나의 그룹을 만드는데, 나는 혼자다.

언제나 그렇듯 혼자 먹는다.

공통 과정 때는 그래도 넓적얼굴, 뱁새눈, 깐깐안경이 합석했는데…….

그 이후로는 항상 혼자였다.

1년이 넘었지만 아직도 익숙해지지를 않는다.

"휴우."

정말 한숨밖에 안 나온다.

그때였다.

탁.

내 앞에 누군가가 식판을 내려놓았다.

가장 많이 먹어야 할 점심에 겨우 닭고기 샐러드를 먹는 사람.

불타오르는 듯한 착각을 일으키는 적발의 소유자.

초록빛 눈동자 역시 매력적이지만 무엇보다도 완벽한 몸매 라인이 아름다운 그녀!

바로 착한몸매였다.

"안녕?"

옥이 굴러가는 듯 부드러운 목소리였다.

“…….”

반갑게 대하면 그녀가 어떻게 생각할까?

아니, 반갑게 대하는 내 행동의 의미는 무엇일까?

내 외로움을 표현하는 걸까? 추태가 될까?

머리가 복잡해 아무런 대꾸도 하지 못했다.

그녀가 어색하게 미소를 짓고 있다는 사실을 알고는 애써 할 말을 만들었다.

“이름이?”

항상 별명을 붙여서일까?

그녀의 이름을 잊어버렸다.

이마 선이 유난히 예쁜 착한몸매는 실망한 표정이었다.

“벌써 내 이름도 잊어버린 거야? 이야기를 많이 하지는 않았지만, 그래도 인사는 자주 했는데…….”

그녀를 실망시켰다는 사실에 괜히 죄책감이 느껴졌다.

평소에는 이런 느낌이 들지 않았는데, 오늘은 조금 이상했다.

그녀였기 때문일까?

아니면 내가 그만큼 정에 주린 것일까?

뻣뻣대마왕과 너무도 폐쇄된 공간에서 수련만 해서인지 인간관계에 관련된 머리가 많이 굳었다는 걸 깨달았다.

“내 이름은 소피야. 이번에는 꼭 기억해!”

내가 그녀의 호소에도 아무런 말이 없자 어쩐지 풀이 죽어 보였다.

내가 기억하기론 착한몸매는 꽤나 당당한 성격이었다.

깐깐안경만큼은 아니지만, 적어도 소심하지는 않았다.

하지만 오늘따라 그녀가 힘이 없어 보였다.

나 때문일까?

아니면 오늘이 별로 안 좋은 날일까?

머릿속이 정말 복잡해졌다.

"그래."

나도 모르게 목소리가 무미건조해졌다.

착한몸매의 눈동자가 살짝 떨렸다.

우리는 어색하게 밥만 조용히 먹었다.

너무 어색해서 어떤 화제를 꺼내볼까 생각하다 나와 그녀가 별 공통점이 없다는 사실을 깨달았다.

우리는 같은 주몬 학생이었다.

그렇지만 정작 같이 듣는 과목은 없었다.

과목이야 같겠지만, 시간대가 달랐다. 주몬 1단계 학생들은 여러 그룹으로 나뉘어 그들끼리만 똑같은 시간표로 생활한다.

착한몸매와 나는 다른 그룹이었던 것이다.

다른 계열의 학생보다는 많이 부딪치겠지만, 같은 계열치고는 같이하는 게 전혀 없었다.

그러다 보니 같이 나눌 이야기가 없었다.

나는 고기를 포크에 찍어 먹으면서 착한몸매를 흘끗 쳐다봤다.

이렇게 같이 밥을 먹는 것만으로도 외로움이 덜한 느낌이다.

아니, 항상 무엇인가 공허하게만 느껴진 점심 시간이 벌써 즐거워졌다.

같이한다는 것 자체만으로도 좋다.

무슨 말이라도 해야겠다는 생각이 들었다.

"웬일로 여기에 앉았냐?"

조금은 더 부드럽게 나올 수 있었는데, 그녀는 숨 막히는 무엇인가가 있었다.

이곳의 평민 여자 중에서 이런 매력을 내뿜는 사람은 환상 얼굴뿐이었다.

어쨌든 그녀의 온몸에서 뿜어져 나오는 매력에 나도 모르게 긴장했다.

자연스레 목소리도 딱딱해졌다.

내 어조에 그녀는 조금 위축되어 보였다.

"그냥……. 내가 여기에 앉은 게 싫은 건 아니잖아?"

나는 어깨를 으쓱였다.

지금 내가 느끼고 있는 감정은 참으로 묘했다.

'좋아' 라고 말하면 심장이 터질 것만 같았고, 그렇다고 '싫은데' 라고 하면 그녀가 다시는 나와 말을 하지 않을 것 같았다.

그래서 말을 하는 대신 제스처로 보였다.

하지만 그것 역시 딱딱하게 보였나 보다.

그녀는 조용히 샐러드를 먹기 시작했다.

말문이 다시 닫힌 것이다.

나는 속으로 온갖 욕을 다했다. 물론 그 대상은 나였다.

이렇게 멍청할 수가 없었다.

나는 원래 여자를 대하는 데 능수능란하다.

오랜 파티가 내게 준 경험이다.

하지만 선거 사건 이후 인간관계에 있어 모든 걸 잊었다.

검술, 검술, 검술!

검술만 수련했고, 교류하는 인간이 뻣뻣대마왕과 발레키 밖에 없었으니, 그녀와 같이 숨 막히는 미녀를 대하는 데 어색해졌을 수밖에 없었다.

기억을 더듬어보면 애초에 그녀의 앞에서 조금 떨었던 것 같다.

나름대로 선수(?)였던 그때도 그랬는데, 그 모든 걸 잊어버린 지금은 그 떨림이 얼마나 큰가!

어느새 이마가 식은땀에 흥건히 젖었다.

'무슨 말을 해야 한다!'

'이 상황을 좋게 바꿔야 한다!'

정말 미칠 것만 같았다.

1초가 1시간으로 느껴지는 기나긴 시간 동안 나는 머리를 열심히 굴렸다.

그때였다.

"안녕. 같이 먹어서 즐거웠어. 그럼 다음에 보자."

미소를 짓기는 짓는데 그 미소가 떨리고 있었다.

나는 그녀가 멀어지는 모습을 멍하니 바라만 봤다.

그녀가 식판을 갖다 놓고 식당을 나서는 그 순간까지 아무 생각도 할 수 없었다.

제정신이 든 건 내 식판에 있던 고기가 차갑게 식어버렸을 때 즈음이었다.

쾅!

테이블을 세게 내려쳤다.

사람에게 기회가 종종 온다고 한다.

내게는 그 기회가 오늘 왔다.

그리고 나는 너무도 쉽게 그 기회를 보내 버렸다.

사람에게 기회가 종종 오지만, 사람들은 그게 기회인지 잘 모른다고 한다. 알기는 알아도 바보처럼 그냥 보내 버리는 사람도 많다고 한다.

"젠장!"

두 손으로 머리를 잡고 흔들었다.

이렇게 바보 같을 수가 없었다.

6

토끼를 잡기 위해서는 토끼 덫을 놓아야 된다.

토끼가 좋아하는 채소를 미끼로 두고, 그 위에 바구니를 작은 막대기로 받쳐 놓는다.

그리고 막대기에 실을 묶어 미끼에서 최대한 멀리 떨어져 있어야 한다.

물론 그 미끼가 시야에는 들어와야 한다.

숨어서 그 미끼를 가만히 보고 있다가 토끼가 바구니의 사정권 안에 들어가 채소를 먹기 시작하면 가차없이 실을 잡아당겨 토끼를 잡는다.

이게 바로 가장 쉽게 토끼를 잡는 방법이다.

나는 그 방법을 쥐를 잡는 데 응용했다.

일단 나는 쥐구멍의 앞에 햄스터 사료로 작은 길을 만들었다.

그리고 햄스터 사료를 바구니의 아래에 잔뜩 모아놓았다.

토끼 덫과 똑같이 생겼지만 햄스터를 잡기 위한 덫이라는
점에서 달랐다.

난 깐죽이(어느새 확정)를 잡아야만 했다.

물론 발레키 때문이었다.

"이 주에 한 번씩 검사를 받으러 오세요. 각 햄스터와 얼마
나 교감했는지, 어떻게 하면 더 친밀해질 수 있는지 지적해
드릴게요~"

그렇다.

지난 이 주간 깐죽이가 쥐구멍에서 산다고 해도 별 문제가
없었다.

아니, 오히려 더 좋았다.

앞으로도 이런 삶에 대한 불만을 가질 일은 없을 것만 같았
다.

하지만 이제는 달랐다.

확인을 받아야만 했다.

사실 발레키의 말이면 그냥 무시해도 되겠지만, 나는 강해
지고 싶었다.

강해지기 위해서는 그의 말을 들어야 했다.

그의 말을 듣자면, 이 꼴불견 깐죽이를 그 쥐구멍에서 끄집

어내야 했다.

여기서 일이 복잡해지기 시작했다.

깐죽이가 쥐구멍 안에 있다는 사실은 알고 있었지만, 놈을 그곳에서 나오게 하는 방법은 전혀 모르고 있었다.

처음에는 쉬운 일이라고 생각했다.

하지만 오늘 하루 종일 노력해 본 결과, 깐죽이를 꺼내는 일은 절대로 쉬운 게 아니었다.

깐죽이는 절대로 바깥으로 나오지 않았다.

죽지 말라고 사료를 가끔 침대 밑에 뿌려놓으면 그걸 먹기는 하지만, 내가 안 보고 있는 틈을 타서 다 먹어버린 후 사라진다.

놈이 얼마나 영악하냐면, 내가 보고 있다는 걸 알고 있을 때는 절대 안 나온다. 3시간 동안 가만히 쥐구멍만 감시했던 때가 있다.

하지만 잠깐 화장실을 갔다 온다든지 한눈을 파는 일이 생기면 사료가 감쪽같이 사라진다.

처음에는 사료가 없어졌다는 사실도 잘 몰랐다.

놈이 찍찍찍, 나를 비웃고 나서야 사료가 사라졌다는 걸 확인하였다.

그때였다.

찍찍찍.

그 웃음소리만으로도 내게 모멸감을 선사해 주는 깐죽이
의 울음소리가 들렸다.

만약 내가 놈의 얼굴을 볼 수만 있다면, 깐죽이는 특유의
깐죽이는 미소를 짓고 있을 것이다.

나는 황급히 미끼를 확인했다.

"……."

믿을 수가 없었다.

잠시 딴생각을 하고 있는 와중에 사료를 잃었다.

그 찰나의 시간 동안 깐죽이는 그 많은 사료를 다 챙겨가
버린 것이다.

"젠장!"

햄스터는 볼에 음식 주머니가 있어 다 먹지 못해도 다 챙겨
놓을 수 있었다.

그러니까 내가 사료를 잔뜩 놔두어서 놈이 먹는 시간을 최
대한으로 늘리려고 아무리 노력해도 놈은 순식간에 그 사료
들을 다 저장해서 유유히 사라진다.

이번에도 당했다.

나는 입술을 깨물며 다시 덫 아래에 사료를 흩어놓았다.

이미 깐죽이는 많은 사료를 비축하고 있을 것이다.

하지만 햄스터는 아무리 음식이 많아도 음식이 보이면 그
것도 가지러 오는 탐욕이 있었다.

그나마 다행이었다.

나는 덫에 이어진 실을 꽉 쥐면서 입술을 깨물었다.

또다시 당하면 안 된다.

조금 있다가 발레키에게 검사를 받으러 가야 하는데 나만 햄스터가 없으면…… 상상하기도 싫었다.

나는 숨을 죽이고 가만히 덫을 감시했다.

그렇게 꽤나 긴 시간이 흘렀다.

보통 사람의 집중력은 30분밖에 유지되지 못한다고 한다.

내가 비록 굉장히 뛰어나고 우수한 사람이라고는 하지만 집중력이 2, 3시간 이렇게 계속 이어지지는 않는다.

중간에 쉬지 않으면 지루해서 잠에 빠질 수 있다는 말이다.

하지만 그게 바로 깐죽이 놈이 원하는 바였다.

나는 허벅지를 꼬집으면서 억지로 잠을 깨면서까지 덫을 노려봤다.

분명히 깐죽이 놈도 나와 똑같이 사료를 뚫어져라 쳐다보며 내가 틈을 만들어주기를 기다리고 있을 것이다.

즉 나와 깐죽이의 집중력 싸움이라는 말이다.

나는 인간이고 깐죽이는 쥐다.

여기서 내가 지면 이건 인간으로서의 굴욕이 된다.

‘이긴다!’

꼭 이겨야 했다.

그때였다.

무엇인가가 불안한 느낌이 들었다.

그렇다.

나는 인간이고 깐죽이는 쥐다.

조금 영악한 쥐에 불과한 동물이다. 그런 동물이 인내심이 있어봐야 얼마나 있겠는가. 분명 놈의 식탐을 억누르는 건 생존 본능이겠지만, 그 한계가 있기 마련이다.

동물의 경우에는 그 한계가 금세 찾아올 것이다.

그런데 아직까지도 나오지 않는다?

이건 뭔가 잘못되었다.

나는 황급히 덫을 향해 다가갔다.

다행히 사료는 그대로 있었다. 사실 깐죽이 놈이 나오는 모습을 못 봤으니 사료가 그 자리에 있는 게 당연했다.

“…….”

그때 뭔가가 느껴졌다.

엉덩이가 뜨겁다고 할까? 따갑다고 할까?

그 느낌도 잠시, 곧이어 엄청난 고통이 해일이 몰아치듯 닥쳐 왔다.

“으악!”

나는 황급히 엉덩이를 털었다.

이 건방진 깐죽이 놈이 어느새 내 뒤로 돌진해서 엉덩이를 물은 것이다.

가구의 아래를 타고 뒤치기를 온 모양이었다.

그때 내 육체적인 고통을 잠시 동안 사라지게 만드는 새로운 충격이 펼쳐졌다.

눈을 얇게 뜬 깐죽이가 저 앞에 가만히 서 있었다.

특유의 무표정으로 잠시 나를 바라보다…….

찍찍.

한쪽 입꼬리만 살짝 말려 올라가는 깐죽미소를 선보이며 나를 비웃었다.

그리고 고개를 절레절레 젓는다.

"……"

쯧쯧, 넌 안 돼.

분명히 저 무언의 행동은 저런 뜻이었다.

"아아……!"

나는 뒷골을 잡으면서 서서히 쓰러졌다.

피가 바가지로 쏟아져 안 그래도 정신이 혼미한데, 심리적인 충격까지 거침없이 몰아치자 쓰러질 수밖에 없었다.

처음으로 제 화를 못 이겨 정신을 잃었다.

……내가 미쳐.

7

머리가 깨지는 듯한 두통을 느끼며 눈을 떴다.

눈꺼풀이 무겁다.

주위를 둘러보니 온 세상이 새하얗다.

정신이 혼미해서일까?

하얀 광채가 서려 있는 것 같기도 했다.

'이곳은 천국?'

지금 누워 있는 자리가 너무도 편했고, 이곳의 느낌도 굉장히 편했다.

이곳에서 영원히 잠들 수 있을 것만 같았다.

그때 나는 이곳이 천국이라는 사실을 확신하게 되었다.

나이스한 바디의 누님이 내게 다가오고 있었던 것이다.

유니폼으로 보이는 옷을 입고 있었는데…….

꿀꺽.

저절로 침이 고인다.

유니폼의 앞은 멀쩡하다. 멀쩡하다고 하기보다는 준수한 편이었다. 단지 옷이 너무 껴보였다. 물론 누님의 바디에 문제가 있어서가 아니라 옷 자체가 조금 작아 보였다.

터질 듯한 단추라니…….

누님은 내 옆에 다가오더니 뒤를 돌아 차트를 읽기 시작했다.

"헉!"

유니폼의 앞은 멀쩡했다.

하지만 뒤는 조금 달랐다.

뒤가 애초에 없었던 것이다. 목 부분이 파인 것도 아닌 등을 가리는 천 조각이 아예 없었다. 허리 언저리에 묶인 끈이 아니었다면 그녀의 옷은 펄럭거리며 괜찮은(?) 풍경을 만들어냈을 텐데…….

"어? 깨어났니?"

그녀의 옥음에 정신이 혼미해졌다.

이곳은 천국이었다.

간죽이 때문에 화병으로 죽은 게 살짝 억울했지만, 이런 보상이 있을 줄 알았으면 당장에 죽었을 것이다.

"원장님, 환자가 깨어났어요."

그때였다.

이곳이 천국이 아니라 지옥이라는 사실을 깨닫게 된 건.

갑자기 새하얀 광체의 공간에 균열이 일어나기 시작했다.

딱히 그 색이 바뀐 것도 아니고, 정말로 공간에 금이 가기 시작한 것도 아니었다.

균열의 시작은 냄새였다.

처음에는 은은하게 퍼진다.

'이상한 냄새네?' 정도로 가볍게 시작한다. 하지만 그 암흑의 손길은 서서히 퍼져 폭풍처럼 몰아치기 시작한다. 순식간에 얼굴을 찡그릴 수밖에 없어질 정도로 악취가 심각하게 느껴진다.

거기에서 끝이 아니다.

더 이상 코가 버텨내지를 못한다. 코가 쉽게 피로하기 때문에 보통 익숙해지기 마련인데, 이 악취에는 KO패 당할 수밖에 없다.

그렇기 때문에 더 이상 그 암흑의 손길이 닿을 수 없게 콧물로 막아버려야 한다.

뿐만 아니라 눈이 얼마나 따가운지 물로 보호하지 않으면 견뎌낼 수 없기 마련이다.

그렇다.

나도 모르는 사이에 내 얼굴은 눈물, 콧물 범벅에 표정은 종잇장처럼 쉽게 구겨졌다.

내 모습이 끔찍하리란 걸 알았지만, 지금은 내 우아함을 따질 겨를이 없었다.

거기에서 고문은 끝이 아니었다.

악취 부분에서는 끝이었지만, 이번에는 코 대신에 눈을 괴롭혔다.

안 그래도 눈물이 끊이지를 않아 시야가 흐릿한데, 그 흐릿함을 뚫고 들어온 건 결코 악취에 지지 않았다.

코베는 단순히 살이 늘어진 것이다. 젊기는 한데, 피부에 힘이 없을 뿐이다.

하지만 이 눈앞에 나타난 노인은 세월을 이기지 못해 쭈글쭈글한 주름이 온 얼굴을 뒤덮어 버렸다. 원래는 눈이 컸겠지만 지금은 주름살 때문에 거의 없다시피 했다.

내 눈을 괴롭히는 건 그의 얼굴뿐이 아니었다.

그의 백발로 추정되는 긴 산발은 회색이었다. 그러니까 때와 기름에 촉촉하게 젖어 있어 회색 머리칼로 보였다.

"…우욱."

갑자기 천국에서 지옥으로 환경이 변하는 상황은 절대 익숙하지 않았다.

거지 노인네는 내가 비위 상해 죽든 말든 주위를 둘러보고 있었다.

그리고 뒤쪽에서 사발과 '이것저것'을 모아왔다.

'이것저것'을 사발 안에 넣는 속도가 너무 빨라 '이것저것'의 전부를 보지는 못했다.

하지만 내가 본 건 전갈의 꼬리, 지네의 몸, 그리고 애벌레

들 정도였다.

나는 고개를 갸웃했다.

'어디선가 이런 일을 겪은 적이 있었나?

데자뷰를 경험하는 느낌이었다.

정말 데자뷰일까?

아니면 이 일을 정말 한 번 겪어봤을까?

그 때문인지는 몰라도 몸이 부들부들 떨리기 시작했다.

갑자기 생겨난 가슴속의 불안감이 너무도 커 제정신을 차릴 수가 없었다.

그 순간, 거지 노인네는 나를 보며 씨익 웃었다.

"우욱."

거지 노인네의 누런 이를 보니까 또다시 속이 다 올라오는 느낌이었다.

그때 거지 노인네는 뒤로 돌아섰다. 그리고는 사발의 내용물을 짓이기기 시작했다.

사발 안이 보이지는 않았지만, 그 혼합물을 생각해 보건대 그 모습을 상상하고 싶지도 않았다.

"……?"

이때 무엇인가가 일어날 것만 같았다. 기억을 떠올려 보면 결코 좋지는 않은, 오히려 잊지 못할 정도로 끔찍한 무엇인가가 일어날 듯했다.

“카악, 퉤!”

“…….”

그렇다.

생각났다.

“거지원장!”

어느새 놈의 악취에 익숙해졌는지 더 이상 눈이랑 코가 괴롭지 않았다.

그러자 주위의 환경이 단번에 들어왔다.

이곳은 요하네스 1층의 중앙에 속한 의료원이었다.

그리고 나를 지금 치료(를 빙자한 고문)하고 있는 거지 노인네는 저번에도 내 손을 낫게 해준 거지원장이었다.

거의 7개월 만에 다시 보게 된 거지원장…….

사실 주변이 잘 보이지 않아서 놈을 기억해 내지 못한 건 아니었다.

아마도 내가 무의식중에서 거지원장에 대한 기억을 밀어내고 있었던 모양이다. 결코 떠올리기 좋은 기억은 아니었으니까 말이다.

“허허, 반갑구나. 그럼 자…….”

인사를 하러 다가오는 줄 알았는데, 그는 어느새 사발의 ‘약이면 안 되는’ 혼합물을 찍어 내 뒤통수에 바르고 있었다.

"흐읍."

나도 모르게 숨을 참았다.

이 정체불명의 혼합물이 싫어서가 아니었다. 물론 혼합물도 싫지만, 난 생존 본능에 의해 숨을 참았다.

만약 내가 지금 숨을 단 한 번이라도 들이마시면 모르긴 몰라도 내 코의 신경이 운명을 달리할 거라는 생각이 들었다.

그 정도로 가까이 다가온 거지원장의 악취는 심각했다.

생명을 위협할 정도로…….

"자, 치료가 끝났구나."

어느새 머리에 붕대까지 감아준 거지원장이었다.

"이제 안내 데스크에 가서 서류를 작성하고 수업에 들어가거라."

그는 미소를 지어 보이며 나름대로 친절하게 말했다.

거지원장 딴에는 따스한 미소를 짓고 있는 걸까?

나는 그것이 음침한 미소에 가깝다고 생각하며 재빨리 거지원장에게서 멀어졌다.

거지원장의 치료가 간단해서 다행이었다.

만약 조금만 더 길었으면 내 피부가 썩었을지도 모른다는 생각이 들었다.

그때 나는 갑자기 엉덩이에서 고통이 느껴진다는 사실을

깨달았다.

그리고 깐죽이가 내 엉덩이를 문 사실이 떠올랐다.

마지막으로 누가 내 엉덩이를 먼저 치료했다는 것도 알게 되었다.

"……."

나는 뒤를 돌아봤다.

거지원장의 손이 눈에 들어왔다.

원래는 하얀 손이었겠지만, 지금은 때에 새까맣게 변한 손이었다.

"우욱."

또다시 헛구역질이 나온다.

속을 안정시키지 못했다면 헛구역질로 끝나지 않았을 것이다.

"아니야, 분명히 간호사가 했을 거야. 그러니까 간호사가 먼저 들어와 있었지."

분명히 나는 간호사를 먼저 봤다.

그 사실에 안심을 했다.

'하지만 거지원장이 먼저 치료하고 간호사는 그냥 자리를 지켰던 것일 수도 있잖아? 게다 그냥 중간에 와서 차트만 봤잖아!'

나는 고개를 세차게 저었다.

그 불길한 생각이 머리에서 지워질 때까지 무진장 오랫동안 저었다.

분명히 간호사가 했을 것이다.

아니, 그랬어야만 한다.

아무리 그렇게 나를 세뇌해도 어째 엉덩이 부근이 찜찜했다.

그 더러운 손으로, 그것도 남자의 손으로 내 엉덩이를!

"……."

안내 데스크로 걸어가던 나는 멈춰 설 수밖에 없었다.

100톤 망치로 머리를 세게 두들겨 맞은 듯한 기분이었다.

"젠장, 또 당했어!"

거지원장이 '약이면 안 되었을' 혼합물을 내 뒤통수에 듬뿍 발라준 장면이 눈에서 아른아른거린다.

촉촉하게 젖어 있는 뒤통수를 내 머리에서 분리하고 싶은 충동이 무럭무럭 자랐다.

하마터면 검을 뽑아 들 뻔했다.

"크리스티안님, 어서 오세요."

안내 데스크에서 군더더기 없는 완벽한 미소를 지으며 나를 부르는 간호사가 있었다.

"아아!"

어느새 뒤통수가 걸린 저주는 깨끗이 잊었다.

찰랑찰랑거리는 긴 생머리의 간호사를 향해 다가갔다. 저절로 입이 열리는 건 어쩔 수 없었다.

연애 기술이 많이 녹슬었지만 지금의 의욕이라면 그 낡은 기술보다도 멋진 열정을 그녀에게 보여줄 수 있…….

나는 날아가듯 안내 데스크로 뛰어가는 발걸음을 또다시 멈춰야 했다.

그때 갑자기 의료원 안으로 들어온 사람이 있었다.

남자가 허리에까지 내려오는 긴 검은 머리를 가진 것도 놀랍지만, 칼날로 예리하게 깎아내린 듯한 얼굴의 이목구비는 경이에 가까웠다.

세기의 장인이 눈 깜짝할 사이에 완벽하게 깎은 후 마지막에 무엇이든지 빨아들일 것만 같은 검은 보석으로 눈을 장식한 것만 같았다.

그 눈은 나를 해부하듯 매섭고 샅샅이 훑었다.

"삣삣대마왕."

그의 아래에서 특별 훈련을 받을 때는 사실 조금 친근한 느낌이 있었다.

대부분은 당하기만 했지만, 그래도 놈을 놀려먹는 재미가 조금은 있었다.

한 달 내내 당해도 한 번만 놀려먹을 수 있다면 다음 한 달도 버텨낼 수 있을 정도로 재미는 있었다.

하지만 이렇게 불화에 의해 더 이상 특별 훈련을 받지 않는 상태에서 만나니 느낌이 새로웠다.

'무섭다.'

예전의 자신감은 어디로 가고 그 빈자리를 겁이란 녀석이 꿰찼다.

그의 온몸에서 터져 나오는 숨 막히는 위압감은 거지원장의 것과는 차원이 달랐다. 똑같이 숨 막히게 하고 생명을 위협하기도 하지만, 어쨌든 달랐다.

"어디 다쳤나?"

형식적이다.

걱정하는 기색은 그 어디에서도 찾아볼 수 없다.

원래가 그런 사람이었다.

하지만 오늘따라 그 느낌이 유난히 강했다.

저번에 갈라서고 나서부터 나를 대하는 그의 태도가 유난히 딱딱했다.

원래가 딱딱하기는 했다. 더 이상 딱딱할 수가 없다고 생각했지만, 그건 내 착각이었다.

그는 계열의 부책임자로서 주몬 학생에게 묻고 있었다.

"거지원장의 솜씨는 알잖아."

왠지 모르게 어색하기까지 하다.

뻣뻣대마왕은 간단하게 고개를 한 번 끄덕였다.

"최고지."

“…….”

그 말을 끝으로 우리는 서로를 가만히 바라봤다.

어색한 정적이 흘렀다.

뺏뺏대마왕의 평생 닫혀 있을 것만 같이 굳게 닫힌 입이 살짝 열렸다.

“수련은 잘되나?”

전혀 관심이 없는 표정이었다.

“발레키의 수업이 시작됐어. 햄스터를 다루면 생체 에너지를 발견할 수 있다는데, 잘 모르겠어.”

나름대로 친근하게 말했다. 어색한 느낌은 있었지만, 그래도 친근함도 있었다.

“발레키는 그의 분야에서는 최고다.”

“…….”

싸늘하기 짝이 없는 대답이라는 건 둘째 치고,

‘최고?

헤벌레 웃는 발레키의 얼굴이 뇌리를 스쳐 지나간다.

고개가 저절로 저어진다.

‘웃기네.’

아직도 그의 교수법은 의심스럽기 짝이 없었다.

“그럼 열심히 수련하도록.”

뺏뺏대마왕은 그 말을 남기며 의료원 안으로 들어갔다.

언제나 그렇듯, 그의 검은 망토는 뭔가가 고풍스러워 보였
다.

"……."

나는 가만히 서서 뻣뻣대마왕의 뒷모습을 지켜봤다.

지난번의 말다툼이 가치가 있었던 것인지 의문이 생겼
다.

뻣뻣대마왕과의 관계가 이렇게 된 건 내 의도에 포함되어
있지 않았다.

생각해 보면 조바심에 잠시 이성을 잃어 화를 냈다.

대부분 옳은 말이기는 했지만, 어쩌면 하지 않아도 되었을
말들을 한 것 같다.

뻣뻣대마왕도 평민이다.

내가 그런 평민을 비하했으니 그 역시 기분이 안 좋았을 것
이다.

하지만 사실 뻣뻣대마왕이 평민을 귀족 급으로 생각한다
는 건 이해할 수 없었다.

평민은 평민이고, 귀족은 귀족이다.

신이 이렇게 나눠놓았다.

"……."

뻣뻣대마왕이 잠시 뒤를 돌아봤다.

그의 예리한 눈빛에 나는 황급히 의료원을 벗어났다.

“쳇.”

마음의 커다란 한 부분이 비었다는 느낌을 지울 수 없었다.

8

원래는 명상만 하더라도 발레키의 수업은 1주일에 4번 들었다.

하지만 내가 생체 에너지를 빨리 발견하고 싶다고 놈을 압박하자…… 수업이 2주일에 한 번으로 바뀌었다.

원래는 성과가 없을 때까지는 오지 말라고 했었다.

갑자기 무슨 바람이 불어 2주일에 한 번이라도 수업을 하려는지는 모르겠다.

“크리스티안님?”

저 앞에서 발레키가 불렀다.

잠시 흠칫했다.

하지만 애써 당당하게 행동했다.

“왜?”

목소리가 살짝 떨린다.

발레키의 깊고 푸른 눈과 마주치자 몸도 떨리기 시작했다.

“햄스터, 가져오셨어요?”

“…….”

바로 정곡을 찔렀다.

안부 같은 것도 물어볼 수 있는데 단번에 본론에 들어가는 그가 이렇게 미울 수가 없었다.

평민들의 눈이 내게 쏠렸다.

발레키는 성과 여부를 하나씩 일일이 가르쳐 주었는데, ‘훌륭해요. 그레고리는 자신의 햄스터랑 정말 많이 친해졌네요!’ 라는 칭찬을 들은 돼지소년은 역겨운 미소를 지으며 날 보고 있었다.

그레고리란 우아한 이름이 돼지소년 본인에게 욕이라는 걸 알고 있기는 한지…….

우쭐대는 돼지소년의 목살을 두들겨 패고 싶다는 생각이 무럭무럭 자랐다.

“크리스티안님?”

돼지소년에게 살기를 보내는 가운데 발레키의 목소리가 들려왔다.

“…….”

물론 할 말은 없었다.

그러자 발레키가 다가왔다.

그는 내 책상을 보고, 그리고 바닥을 봤다.

“햄스터는 어디 있나요?”

“쥐구멍.”

“쥐구멍에 들어가고 싶다고요?”

“아니! 깐죽이는 쥐구멍에 있다고!”

“……”

발레키는 잠시 멍하니 나를 바라봤다.

“벌써 햄스터에게 이름을 지어줬나요? 역시 훌륭하시네요. 교감에 있어 가장 중요한 게 친근한 호칭을 지어주는 것이랍니다.”

‘아, 내가 왜 그걸 생각 못했을까’ 라는 얼굴로 자신의 머리를 두들기며 패배감에 젖은 눈빛으로 날 애처롭게 쳐다보는 돼지소년이 눈에 들어왔다.

애처로움도 잠시, 돼지소년의 눈빛은 ‘다음번에는 내가 기필코 이기리라!’ 라고 말하는 듯 이글이글 불타오르고 있었다.

“그리고 그 딱딱한 철창을 집어 던지고 깐죽이에게 자유로움을 주셨군요. 그 정도의 믿음을 보여줄 수 있는 게 교감에 큰 도움이 될 것입니다.”

돼지소년은 그 말에 머리를 뜯고 있었다. 곧 있으면 대머리가 될 돼지소년에게 동정의 눈빛을 보냈다.

“게다 이곳에 꼭 데려와야 하는 데도 불구하고 그렇지 않은 건 깐죽이가 싫어해서겠죠? 햄스터도 의사가 있답니다.

특히 이 품종은 머리가 상당히 좋기에 어느 정도 다양한 감정
도 가지고 있답니다. 그들의 의사를 존중해 주면, 그들 역시
여러분의 의사를 존중해 주고 마음을 열 것입니다.”

돼지소년은 이제 자신의 얼굴을 주먹으로 마구 패고 있었
다. ‘내가 지다니. 그렇게 열심히 했는데! 역시 난 멍청해’ 라
고 얼굴에 쓰여 있었다.

뭐가 저렇게 분한 건지 모르겠다.

“모두 크리스티안님을 본받으세요. 그럼 오늘 수업은 끝입
니다.”

“…….”

나는 깐죽이가 쥐구멍에 있다는 말만 했다. 그 외의 말은
한 적이 없었다.

그런데 발레키가 그런 결론을 낼 수 있다는 사실에 감탄을
했다.

“쯧쯧, 꿈보다는 해몽이라더니…….”

그의 멍청함 덕분에 살았다.

이 수많은 평민들 앞에서 치욕을 당하는 상황을 피할 수 있
었다.

혀를 차며 강의실을 나서려던 찰나였다.

“크리스티안님?”

보통 ‘그럼 오늘 수업은 끝입니다’ 라는 말과 동시에 강의

실을 날아가듯 도망치는 발레키가 아직도 남아 있었다.

그런 발레키의 어수룩해 보이는 미소가 왠지 마음에 들지 않았다.

뻣뻣대마왕이 암수를 펼치기 전에 눈빛과 어조가 살짝 변하는 것과 비슷한 행동으로 분석할 수 있었다.

"2주 후에는 꼭 데려오셔야 합니다."

또 한 번 흠칫한다.

"깐죽이가 오겠다고 하면……."

대충 얼버무리려 했다.

하지만 발레키의 눈빛과 미소를 보며 그게 불가능하다는 사실을 깨달았다.

"너무 들어주는 것도 안 좋아요. 적당하게 양보하고, 요구할 건 요구하고! 깐죽이는 크리스티안님이 생체 에너지를 발견할 수 있도록 도와주는 도우미예요. 그 일에 도움을 줄 수 없다면 필요가 없죠."

"……."

"꼭 데려오세요."

나도 모르게 고개를 끄덕였다.

더 이상 피할 수 없었다.

발레키는 그 말을 남기며 강의실을 나섰다.

나는 놈의 말을 곱씹었다.

"젠장!"

결론은 하나다.

놈과의 전쟁이다!

9

타다닥.

벽난로의 불이 활활 타고 있었다.

이제 봄의 냄새가 사방에서 맡아졌지만, 아직 불을 때지 않으면 아침과 밤에는 쌀쌀했다.

나는 주몬의 벽난로를 쬐고 있었다.

그것도 쇼파에 앉아서.

그렇다.

내 위상이 어느 정도 높아졌다.

물론 이 모든 건 코베 덕택이었다.

대련에서 코베를 혼쭐내 주었을 때부터 내 위상이 높아졌는데, 코베가 휠체어를 타고 다니면서도 나를 피해 다니는 모습을 보고는 평민들이 나를 또 다르게 보기 시작했다.

어쨌든 그래서인지 내가 쇼파에 다가가기만 해도 저절로 자리를 만들어주는 평민들이었다.

　3, 4단계 학생들은 애써 목에 힘을 주고는 눈치를 보지만, 1, 2단계 학생들은 바로 자리에서 일어나 각자의 방으로 들어간다.

　나는 흐뭇한 미소를 지으며 교지를 읽었다.

발레키 교수, 드디어 수업을 시작하다!

　각 단계의 말에나 수업을 시작하기로 유명한 발레키 교수. 겨우 1년이 지난 시점에서 수업을 시작해 학생들의 궁금증을 사고 있다.

　발레키 교수는 독특한 교수법과 그 교수법의 놀라운 효과로 유명한 요하네스의 교수다. 무엇보다 그의 게으름을 빙자한 여유는 모두가 알 정도로 유명하다.

　2년 동안 간신히 가르칠 만한 내용을 각 단계의 마지막 학기 동안 전부 소화할 수 있도록 가르칠 수 있어 마지막 학기까지 가르치는 걸 미룰 수 있는 여유를 자랑하는 발레키 교수.

　그런 그가 벌써 수업을 시작했다.

　그 기현상에 대한 학생들의 생각을 물었다.

　'그건 그만큼 신입생들의 자질이 떨어지기 때문에 발레키 교수님이 일찍부터 가르치기 시작하는 거라고 저는 생각합니다.'

—주몬의 남자 대표이자 크로우 캡틴, 4단계 학생 쿠삭.

'발레키 교수님이 이렇게 의욕을 보이시는 건 신입생들의 자질이 그 어떤 때보다 뛰어나기 때문이라고 생각됩니다. 뛰어난 아이들을 가르치고 싶다는 충동을 더 이상 참을 수 없어서 벌써부터 수업을 하시는 게 아닌가 싶습니다.'

—주몬의 여자 대표이자 크로우의 일원, 4단계 학생 마리.

나는 교지를 접으며 피식 웃었다.

발레키가 수업을 시작한다는 게 교지의 1면에 날 정도로 대단한 것일 줄이야…….

게으름을 빙자한 여유?

"푸하하하!"

나는 웃을 수밖에 없었다.

도대체 발레키가 다른 학생들을 어떻게 속이고 있는 건지 참으로 궁금했다.

무엇보다도 각 단계가 4학기로 나눠진 요하네스에서 4학기 동안 가르칠 내용을 어떻게 1학기에 다 가르칠 수 있는 건지 신기했다.

"……."

사실 지금의 수업 내용을 생각하면, 4학기의 내용이 반으로 압축되어 있다는 생각은 들지 않았다.

오히려 너무 수업을 안 하는 게 문제였다.

그런데 교지를 보면, 이 발레키가 단 6개월 만에 24개월 동안 배울 내용을 완벽하게 가르칠 수 있다고 한다.

'이상해, 이상해.'

나는 교지를 고이 접었다.

괜히 머릿속이 복잡해졌다.

그때였다.

"크리스, 안녕?"

'크리스티안이라니까!' 라는 말을 간신히 속으로 삼켰다.

아름다운 미성이 귀를 간질여서였다.

"착한…… 아니, 소피."

"오, 이번엔 내 이름을 기억하네?"

내가 그녀의 이름을 기억한다는 사실이 그렇게 기쁠까?

활짝 웃는 모습에 정신이 혼미해질 정도로 아찔했다.

얼굴이 환상얼굴만큼 아름답지는 않았지만, 전신에서 묻어 나오는 매력은 그녀를 능가하는 착한몸매.

착한몸매는 자연스럽게 내 옆에 앉았다.

"……!"

깜짝 놀랐다.

물론 착한몸매와 이렇게 가까이 한 적이 없었고, 그녀가 옆에 앉았다는 것만으로도 가슴이 쿵쾅쿵쾅 뛰는 느낌에서도 조금 놀랐지만,

'이 살기란!'

평소에는 눈도 안 마주치려고 하는 동급생들은 물론, 상급생들의 눈이 내게 쏠렸다.

그리고 그 눈에는 하나 같이 살기가 묻어 나왔다.

저 살기는 질투라는 감정에 의한 게 분명했다.

하지만 식사 시간에는 아무렇지도 않던 놈들이…….

'여자보다는 밥이라는 거냐?'

밥 먹을 때는 주위를 쳐다보지도 않는 평민들이라는 사실을 떠올리며 혀를 찼다.

"오늘 어땠어? 재밌었어?"

"어? ……아, 어."

너무 친근하게 대하는 그녀가 익숙하지 않았다. 게다 주위의 살기 역시 익숙하지 않았다. 그래서인지 그녀를 대하는 게 여전히 어색했다.

잠시 정적이 흘렀다.

착한몸매가 계속해서 무슨 말을 하려는 것 같았지만, 입술만 작게 움직일 뿐 정작 열리지는 않았다.

눈을 굴리며 할 말을 찾는 모습도 참으로 예뻤다.

“너도 햄스터 받았어?”

내가 먼저 말했다.

항상 그녀가 먼저 말을 할 필요는 없었다.

“어!”

내가 새로운 화제를 꺼낸 게 그렇게 좋을까?

아까보다 더 밝게 미소를 보이는 그녀였다.

항상 조금 우아해 보이기만 한 그녀에게 귀여운 모습도 있다는 사실을 알게 되었다.

모든 주문 학생들은 그룹을 나누어 발레키의 수업을 받기 때문에, 그녀 역시 햄스터를 받았다.

“어느 정도 친해졌냐?”

그녀와 이야기를 나누다 보니 점점 말하는 게 편해졌다.

쿵쾅쿵쾅 미친 듯이 뛰는 심장은 여전했지만, 그래도 말은 제대로 나왔다.

“어! 발레키 교수님의 말씀처럼 먹이를 손으로 주니까 금방 친해졌어. 너는?”

“……”

갑자기 말문이 막혔다.

그 어떤 질문이라도 쉽게, 멍청이처럼 떨지 않고 잘 대답할 자신이 있었다.

하지만 그 질문에 KO패 당했다.

아니, 그것보다…….

"발레키가 그런 것도 말해줬어?"

손으로 먹이를 주라는 말은 금시초문이었다.

"아아, 그건 나한테만 말씀해 주셨어. 나랑 발레키 교수님
이랑 친해!"

"……."

착한몸매의 귓가에 속삭이며 팁을 가르쳐 주는 발레키의
모습이 떠오른다.

단정한 은색의 단발에, 뻣뻣대마왕만큼이나 사기적인 이
목구비를 가진 발레키이니 착한몸매가 좋아할 수도 있겠
지.

'이 빌어먹을 교수가 학생한테 작업을 걸어!'

속으로 온갖 발레키 욕을 다했다.

잘생긴 얼굴로 착한몸매를 유혹하려 들다니!

"크리스?"

"아!"

나는 그제야 착한몸매 앞에서 온갖 흉한 표정을 다 지어 보
였다는 사실을 깨달았다.

얼굴을 붉히며 고개를 숙였다.

안 그래도 발레키보다 못하고 있는데, 추태까지 보이다
니!

“넌 햄스터랑 친해졌어?”

발레키보다 많은 점수를 따기 위해 그녀의 질문에 성심성 의껏 대답해 주려고 했다.

“…….”

하지만 또다시 저 질문이라니…….

나는 힘없이 고개를 저었다.

영악한 깐죽이 놈은 청춘사업에도 해방을 놓았다.

여자들은 동물이랑 친한 남자한테 많이 끌린다고 하던 데…….

“왜?”

그녀의 연녹색 눈이 반짝였다.

착한몸매에게라면 내 상황에 대해 하소연할 수 있을 것 같았다.

“그 건방진 깐죽이 놈이 철창에서 꺼내줬더니 쥐구멍에 들어가서 살고 있어! 꺼내려고 별수를 다 썼는데, 정작 나와서는 내 엉덩이를 물었어! 그놈이랑 나랑 이젠 완전히 갈라섰어. 또 한 번 내 눈에 나타나기만 하면 볼기에 불이 날 정도로 연신 패줄 거야!”

사실 깐죽이가 쥐구멍에 들어가서 나오지 않는다는 말만 하려고 했다.

하지만 어떻게 말을 하다 보니 내 감정까지 전부 털어놓왔다.

"……."

나는 내가 내뱉지 않으려던 말도 다 해버렸다는 사실에 착한몸매를 가만히 바라봤다.

'얘, 완전 마녀 아니야!'

그녀의 아름다운 눈동자 앞에서는 내 속마음까지 다 이야기하고 싶은 충동이 일어난다.

내가 많은 여자를 만나왔지만 이런 종류의 여자는 처음이었다.

"킥."

그때 착한몸매가 손으로 입을 가리며 작게 웃기 시작했다.

그 모습이 너무도 예뻐 정말 말 그대로 그녀의 턱을 쓰다듬고 싶었다.

하지만 참았다.

만약 그녀가 너무 싫어하면 앞으로 나랑 이야기도 하지 않을 것이다. 이제 겨우 교류하기 시작한 학생인데 말이다.

물론 그것뿐만 아니라 주위에서 느껴지는 살기가 배가 되었다는 사실에 몸이 알아서 사렸다.

그녀는 조금 더 웃다가 눈에 맺힌 눈물을 훔치면서 말했다.

"너, 생각보다 귀엽다."

"……."

귀엽다는 말은 여러 뜻이 있다.

정말 귀여워서 귀엽다고 할 때가 있다. 하지만 나는 귀엽게 생기지 않았다. 멋있다는 말은 많이 들어도 아양을 떠는 귀여움과는 거리가 멀었다.

또 다른 경우에는 멍청한 사람을 보고 귀엽다고 할 때가 있다.

가끔은 그 멍청한 사람이 멍청한 행동을 하면, 그 행동이 귀엽다고 하는 여자들이 있었다.

나는 착한몸매가 후자의 여자가 아니기를 진심으로 빌었다.

"깐죽이라고 했던가? 그럼 깐죽이는 아직도 쥐구멍에 있는 거야?"

나는 풀이 죽어 가만히 고개를 끄덕였다.

'날 멍청하다고 생각하고 있는 건 아닐까?'

머리가 복잡했다.

안 그래도 정말 멍청한 발레키에게 뒤지고 있는 상황인데, 깐죽이 놈 때문에 점수를 깎일 수는 없었다.

"그럼 나랑 같이 꺼내볼래?"

10

평민들이 나를 찢어 죽일 듯 살기 어린 눈빛을 보냈지만, 나는 그들을 비웃어주며 방문을 걸어 잠갔다.

"쥐구멍이 어디야?"

엷은 미소를 띤 착한 몸매의 얼굴에 잠시 홀려 그녀를 가만히 바라봤다.

"…어?"

"쥐구멍이 어디냐고~"

"아, 침대 밑에."

착한 몸매는 침대 밑을 보기 위해서 몸을 구부렸다.

그녀는 평범한 분홍빛 원피스를 입고 있었다. 그녀의 아찔한 외모와는 달리 수수한 원피스에 지나지 않았는데, 오히려 그래서인지 마음이 더 떨렸다.

"……!"

쿵쾅쿵쾅.

갑자기 심장이 미친듯이 뛴다.

그녀가 몸을 구부리자 치마 사이로 새하얀 허벅지의 속살이 드러났다.

보일 듯 말 듯.

남자의 본성일까?

나는 그 사실을 인지하기도 전에 그녀처럼 몸을 구부리고
있었다.

물론 쥐구멍을 보기 위해서가 아니었다.

"저 구멍이 쥐구멍이야?"

그때 갑자기 착한몸매가 뒤를 돌아봤다.

"엇!"

쾅!

황급히 일어나려다가 균형을 잃고 그대로 바닥에 쓰러졌
다.

"어머, 괜찮아?"

자신의 몸매만큼이나 마음씨도 착한지, 착한몸매는 내 곁
으로 다가왔다.

"흐읍."

일어선 채로 다가오니 누워 있는 나에겐 그녀의 다리밖에
보이지 않았다.

그녀가 내 곁에 앉을 때까지 난 제정신을 차릴 수가 없었
다.

"어디 다쳤어?"

나는 어느새 후끈 달아오른 얼굴을 뒤로하고 고개를 절레
절레 흔들었다.

"괜찮아!"

그녀의 앞에서 볼품없이 쓰러졌다는 사실이 부끄러워 나도 모르게 언성이 높여졌다.

오히려 그래서 더 민망하기만 했다.

그녀는 작은 미소를 띠며 다시 침대를 향해 다가갔다.

"저 안에 들어갔단 말이지?"

턱을 괴며 깊게 생각하는 그녀의 모습…… 보다는 미끈하게 잘 빠진 그녀의 다리가 눈에 들어왔다.

꿀꺽.

다시 얼굴이 빨갛게 달아올랐다.

나는 황급히 머릿속을 정리했다.

누구는 햄스터를 어떻게 꺼낼 수 있을까 고민하는데, 나는…….

꿀꺽.

"……."

제정신을 못 차리고 있었다.

탁!

"그래!"

그때 착한 몸매는 이마를 탁! 치며 무엇인가를 떠올린 듯 철창에 다가갔다.

"……?"

그녀는 철창의 옆에 놓인 사료를 손에 담았다.

그리고는 침대 아래 손을 뻗었다.

"먹이를 미끼로 하면 분명히 깐죽이가 나올 거야. 그때 내가 잡아서 철창 안에 집어 넣어줄게."

"……."

나는 잠시 할 말을 잃었다.

그녀는 내가 생각해 냈던 것보다 훨씬 더 원시적인 방법을 사용하고 있었다.

나는 '깐죽이는 보통 햄스터가 아니야. 그런 멍청한 방법으로는 소용없어' 라는 말을 어떻게 순화할 수 있는지 열심히 생각했다.

"……!"

그때 나는 깐죽이가 가구 밑으로 돌아다니는 걸 좋아한다는 사실을 떠올렸다.

아까 내가 당했던 것처럼 분명 놈은 다른 가구들 밑으로 우회해서 뒤치기를 시도할 게 분명했다.

그렇게 되면 착한몸매의 엉덩이에 치명적인 상처가 생길 것이다. 물론 죽지는 않겠지만, 의료원에 가야 할 정도로 크게 다칠 것이다.

그리고 의료원에 가면 거지원장이 기다린다.

그렇다.

거지원장은 누런 이빨이 보일 정도로 씩 웃으면서 착한 몸매의 엉덩이에 그 정체불명의 약을 손으로 바를 것이다.

"……."

차라리 그녀는 죽기를 바랄 것이다.

나는 그런 그녀를 구원하기 위해 침대 주위의 가구 밑을 샅샅이 뒤졌다.

깐죽이가 뒤치기를 시도하지 못하게 눈을 시퍼렇게 뜬 채로 경계했다.

절대로 거지원장에게 좋은 일을 만들어줘서는 안 된다.

그 순간이었다.

"와아!"

착한 몸매는 갑자기 소리를 질렀다.

나는 황급히 그녀가 괜찮은지 살펴봤다.

내 눈에 가장 먼저 들어온 건 그녀의 손에서 편안하게 식사를 하고 있는 깐죽이였다.

"뭐야!"

그녀는 정말 그렇게 쉽게 깐죽이를 꺼냈다.

"이렇게 미끼를 놓으면 쉽게 찾을 수 있잖아~ 너 혹시 그냥 구멍에서 깐죽이를 손으로 꺼내려고 한 거 아니야? 그러니까 물지. 진작에 나한테 와서 도와달라고 했으면 안 다치고 좋았을 텐데……."

"……."

그녀가 순수한 의도를 갖고 있다는 걸 안다.

날 걱정하고 있다는 사실도 안다.

하지만 지금은 열 받는다.

난 지금 바보 취급을 받고 있었다.

사실 착한몸매의 말은 '넌 그것도 하나 못 생각했냐?' 로 볼 수 있었다.

으드득.

나는 이를 갈면서 깐죽이를 노려봤다.

착한몸매가 나를 지금 바보 취급하는 건 오로지 깐죽이 때문이었다.

도대체 무슨 바람이 불어 내 고난이도 덫에는 안 걸리고, 저런 단순무식한 방법에는 속아 넘어간다는 말인가!

나는 갈색 반점의 쥐 놈을 가만히 지켜봤다.

쥐구멍에 들어가 산 지 3주가 조금 넘는 동안 모습이 조금도 달라지지 않았다.

더러워질 것도 같았는데 그렇지도 않았다.

그때 나는 깐죽이의 눈을 볼 수 있었다.

여느 햄스터와 다름없는 검은 눈이었다.

그런데 내 시선을 사는 건 깐죽이의 시선이었다.

끊임없이 사료를 먹으면서도 깐죽이의 눈은 다른 곳에 맞춰져 있었다.

나는 깐죽이의 눈을 따라갔다.

"아~나, 이 건방진 자식!"

나는 황급히 깐죽이를 착한몸매의 손에서 떼놓았다.

깐죽이는 다름 아닌 착한몸매의 가슴 부근을 뚫어져라 쳐다보고 있었다.

깐죽이가 수컷이라는 건 알았지만, 이렇게나 노골적으로 그걸 드러내는 놈이라는 건 몰랐다.

확실히 나라도 그 부근이…….

나는 고개를 절레절레 흔들었다.

깐죽이가 왜 쥐구멍에서 기어나왔는지 드디어 이해가 갔다.

착한몸매가 몸을 구부리고 있으니 그가 좋아하는 '그 부근'이 눈에 아주 잘 들어왔겠지.

어쨌든 나는 몸부림치는 깐죽이를 철창 안에 쑤셔 넣었다.

다시는 철창을 열어줄 생각이 없었다.

찍찍!

놈은 처음으로 분노에 찬 울음소리를 토해냈다.

항상 비웃음을 연상케 했는데, 이번에는 그게 아니어서 너무 기분이 좋았다.

나는 만족스러운 미소를 지어 보이며 착한몸매를 돌아보

왔다.

“…….”

착한몸매는 나를 조금 이상한 눈빛으로 바라보고 있었
다.

‘그럴 줄 몰랐어’ 라고 생각하는 게 보였다.

“아니, 그게 아니고, 저 깐죽이가 언제 물지 모르거든? 그
래서 걱정이 되어 가지고…….”

나도 모르게 말이 흐려졌다.

착한몸매는 피식 웃었다.

“깐죽이가 나는 좋아하고, 너는 안 좋아해서 질투가 나는
거구나!”

“…….”

그걸 질투라고 표현할 수 있을지 심히 궁금했다.

찍찍.

깐죽이는 자신이 아직 살아 있다는 사실에 감사해야 할 판
에 날 비웃고 있었다.

나나 놈이나 서로 앙숙이라는 사실을 너무도 잘 안다.

질투?

나는 깐죽이에게 살기 어린 눈빛을 보내고는 착한 몸매의
말에 대충 수긍했다.

“그런가?”

쓸쓸하게 느껴지는 건 왜일까?

그녀는 내 대답에 작게 웃으면서 작별을 고했다. 애초에 깐죽이를 찾아준다는 이유로 방 안에 들어왔으니 그게 이치에 맞았지만, 조금 섭섭(?)한 건 사실이었다.

난 그 섭섭함을 깐죽이에게 풀기로 했다.

"야!"

찍찍!

깐죽이는 내 시선을 살기 어린 눈빛으로 되받았다.

"……."

철창을 열어 놈을 두들겨 패줄까 생각도 해봤지만, 이미 한 번 해본 결과 그렇게 좋은 생각은 아니었다.

어쩌면 이 3주간의 절차를 고스란히 밟을지도 모른다는 생각에 한숨밖에 안 나왔다.

"내가 정말 큰마음 먹고 봐주는 거니까 앞으로는 잘해라."

아직도 엉덩이의 상처가 아물지 않았다.

그걸 생각하면 정말……!

찍찍.

아니나 다를까, 깐죽이는 깐죽미소를 띠어 보였다.

"……."

분명 발레키는 햄스터를 고르고 또 골라 이놈을 내게 준 게 확실했다.

11

깐죽이와 나는 천생 앙숙인 줄 알았다.

서로 보기만 해도 으르릉거리고, 틈만 나면 서로를 공격한다.

하지만 한 달이 지나가는 시점에서 난 그 사실이 크게 틀렸다는 걸 알았다.

놈은 흰 털에 갈색 반점의 쥐에 불과했다.

찍찍.

간혹은 이렇게 시비를 걸어온다.

한 달 전만 해도 저 조소가 싫었지만, 이제는 웃으면서 넘길 수 있었다.

"너, 착한몸매를 다시는 보기 싫어? 내가 마음만 먹으면 못 오게 할 수 있어."

눈을 얇게 뜬 채 천천히 말했다.

그러자 깐죽이의 조소가 얼굴에서 싹 가셨다.

그리고는 고개를 획 돌려 자신의 우리 안에 있는 집에 쏙 들어갔다.

항상 곤란한 상황이 되면 집에 들어가 숨어버리는 깐죽이였다.

"후후후."

나는 흐뭇한 웃음을 흘렸다.

그렇다.

깐죽이는 착한몸매에게 중독되어 있었다.

지난 한 달간 착한몸매는 깐죽이를 보고 싶다는 이유를 들먹이며 일주일에 두세 번 내 방에 찾아왔다.

깐죽이에게 있어 착한몸매에게 귀여움을 받는 그 시간은 천국이었다.

천국을 맛본 적이 없다면 모르겠지만, 이미 경험해 본 자가 앞으로 지옥의 나날밖에 없다는 사실을 쉽게 받아들일 수는 없을 것이다.

그래서 깐죽이에게 착한몸매는 무기로 사용될 수 있었다.

적을 알고 나를 알면 백전백승이라는 말이 있듯, 이제 깐죽이는 내 상대가 되지 못했다.

나는 풀이 죽어 있는 깐죽이를 보며 흐뭇한 미소를 지었다.

"이제 가자."

나는 우리를 들었다.

예전 같았으면 안에서 온갖 반항을 다했을 텐데, 오늘은 얌전했다.

오늘은 발레키에게 검사를 받으러 가는 날이었다.

강의실에 도착하는 그 시간까지 얌전한 깐죽이를 보자니 감회가 새롭다.

지난 2번 동안 놈을 데려오는 건 고역이었다.

안에서 몸부림을 치기도 하고, 귀가 찢어져라 찍찍거려서 여간 신경 쓰이는 게 아니었다.

그렇게 강의실의 앞에 도착한 나는 이상한 광경을 볼 수 있었다.

각자 손에 우리를 하나씩 들고 있는 평민들이 강의실에서 나오고 있었다.

다른 그룹의 주몬 학생이라고 생각했지만 개중에는 돼지 소년도 있었다.

처음엔 발레키가 수업을 펑크 낸 줄 알았다.

"어서 오세요~"

하지만 그것도 아니다.

오늘은 해가 서쪽에서 뜨고, 별자리가 바뀌어 있는 그런 날인가 보다.

"웬일로 수업 전에 왔나?"

이번에는 내가 놈을 놀라게 할 차례인 줄 알았는데, 역시 발레키는 놀라움의 대명사다.

적당히 놀랄 수는 없는 것이다.

발레키는 특유의 어수룩한 미소를 지어 보였다.

"오늘은 색다른 수업을 하니까요~"

"……."

이유는 잘 모르겠다.

하지만 발레키의 '색다른' 은 경험해 보고 싶지 않았다.

"그럼 햄스터는!"

불안감이 모락모락 피어오른다.

이제야 발레키의 코를 납작하게 해줄 수 있는 기회가 생겼는데!

지난 2번 동안 깐죽이를 데려왔을 때는 정말 말로 형용할 수 없을 정도로 치욕적이었다.

발레키가 우리를 열어주자마자 미친듯이 돌아다녔는데, 그놈을 내가 쫓아다니며 잡으러 다니는 모습을 보면서 평민들과 함께 웃고 즐긴 그였다.

그때 깐죽이는 유난히 머리를 잘 썼다.

도망을 쳐도 위에 장애물이 있는 쪽으로 도망을 쳤다.

나는 자세를 최대한 낮추면서 깐죽이를 바로 낚아챌 수 있도록 쫓아갔는데, 놈은 꼭 높은 책상 아래로 도망을 쳤다.

자세를 낮춘 채 땅을 쳐다보면서 뛰면 책상의 다리는 보여도 그 윗부분은 절대로 보이지 않았다.

그러다 보니 머리를 부딪치고 꼴사납게 뒤로 넘어졌는데, 그때마다 발레키와 평민들은 박장대소를 터뜨렸다.

그들의 눈빛과 웃음소리를 생각하면 지금도 민망하고 열받는다.

하지만 그것보다도 치욕적인 발레키의 한마디가 지금도 잊혀지지 않는다.

"이 품종이 머리가 좋은 건 알았지만, 크리스티안님보다도 좋은지는 처음 알았네요."

이때 평민들은 바닥을 구르면서 눈물을 흘렸다.

아직도 그들이 어느 위치에서 얼마나 오랫동안 굴렀는지 기억이 난다.

어쨌든 지난 2번의 수업 때 느꼈던 치욕을 갚을 수 있는 날이 드디어 왔다.

하지만…….

"놓고 오세요. 이제 검만 챙겨 오시면 됩니다."

나는 의아함에 고개를 갸웃했다.

"단 한 번도 검을 가져오라고는 안 했잖아?"

생각해 보면 그렇다.

명상을 빙자한 자유 시간에 무슨 검이 필요하겠는가.

오히려 누워서 자는 데 거추장스럽기만 하다.

발레키는 알 수 없는 미소를 지었다.

유난히 그의 깊은 푸른 눈이 심오해 보였다.

단순무식 발레키의 눈이 말이다.

"그럼 오늘이 그 처음이겠네요."

혹시 내가 오늘 깨어난 세상이 내가 알고 있던 세상이 아닌 건 아닐까?

어제와 똑같은 모습을 하고 있는 세상이고, 그 세상을 구성하는 사람들의 모습은 똑같지만 그 내면이 바뀐 뒤틀린 세계.

나는 마계가 새롭게 펼치는 음모의 정중앙에 있는 것이고…….

나는 고개를 세차게 저었다.

어쨌든 그만큼 오늘은 뭔가 이상했다.

"엇! 너, 웬일로 훈련용 경장을 입었냐!"

이건 이상하다 못해 이치에 어긋났다.

발레키는 항상 조금 화려한 옷을 좋아했다. 유난히 레이스가 많은 옷을 좋아하기도 하고, 장식구가 많은 옷을 입기도 한다.

옷뿐만 아니었다.

손에 거추장스런 반지들, 그리고 귀가 떨어져 나가지는 않을까 싶은 무겁고 큰 귀걸이들이 없었다.

처음이었다.

이런 수수한 차림의 발레키는…….

"오늘은 조금 색다른 수업을 하니까요."

기대해도 좋다는 표정의 발레키를 어떻게 해석해야 할지
몰랐다.

"그럼 이제 세계의 종말에 대비해야겠군."

"하하, 역시 크리스티안님의 유머란……."

나는 세계의 종말은 어떻게 대비해야 하는 건지 곰곰이 생
각하며 다시 기숙사로 돌아갔다.

"수상해."

12

어느 정도 시간이 흘러도 이 수상한 느낌은 지워지지가 않
았다.

"잘 보세요."

아니, 오히려 증폭되었다.

발레키는 검을 겨누고 있었다.

그렇다.

발레키가 검을 들고 있었다.

물론 그의 검은 아니었다. 아직 그의 검을 본 적은 없지만, 분명 자기가 깎아 만든 목검이 그의 애검이라고 생각되지는 않았다.

학교에서 나눠 주는 목검보다도 투박하고 거칠게 생긴 긴 목검을 들고 있는 발레키의 모습은 뭔가 어색했다.

그의 자세에 어떤 문제가 있는 건 아니었다.

오히려 단순한 자세도 뭔가 있어 보이게 하는 그런 재능이 있었다.

"쳇."

항상 뒹굴뒹굴 놀기만 하는 줄 알았는데 검술도 어느 정도 하는 모양이었다.

'하긴 그래서 교수겠지만……'

갑자기 세상이 뒤틀려 적응하기 어려웠던 나는 발레키가 말을 잇고 나서야 제정신을 차릴 수 있었다.

"생체 에너지를 발견하는 데 왕도는 없답니다."

휘익!

좌에서 우로 검을 한 번 긋는 발레키였다. 어느새 그의 검과 팔이 일자를 이루었다.

"오히려 어렵게 갈수록 나중에는 큰 도움이 됩니다. 그만큼 몸이 뚜렷이 기억하거든요."

휘익!

이번에는 우에서 아래의 좌로 대각선을 만들어 보였다.

힘이 담겨 있어 보이지는 않았다.

너무도 편하게 휘두르는 발레키였다.

하지만 절도가 있었다.

"지름길은 없을지라도 가장 효율적인 방법은 있답니다."

휙휙.

이번에는 X자를 그려 보였다. 너무도 빨리 휘둘러 정말 X자가 있는 줄 알았다.

그 정도 빠르게 휘두르면 표정이 변하기 마련이다. 조금 굳는다거나 빨개지는 그런 변화 말이다.

"……."

하지만 발레키의 표정은 조금도 변하지 않았다.

초점이 맞춰진 눈에 굳게 닫힌 입은 평소의 발레키와 어울리지 않았다.

"평평한 일직선의 대로가 있는데 오르막, 내리막에 길게 돌아서 가는 산길을 갈 필요는 없잖아요? 차아!"

파박!

이번에는 발레키가 뒤돌아 차기를 선보였다.

검을 쥐고 있는 상태에서 높이 뛰어 아름다운 곡선을 그리는 발차기였다.

깔끔하고 빨랐다.

"기관마다 또는 개인이나 스승마다 다른 의견을 가질 수 있겠지만, 저는 검무를 가장 효율적인 수련법이라고 생각한답니다."

휘익― 휘익.

"차앗!"

파바박!

이번에는 한 번에 그 동작을 다 이었다. 절도에 절도를 합쳤는데 부드러움이 나왔다. 딱딱하지도 않았고, 오히려 경이롭다고 생각될 정도로 아름다웠다.

각 동작을 하나로 잇는 그의 움직임은 예술이었다.

유연했고, 그 와중에서도 힘이 넘쳤다.

발레키는 세 번을 이어서 선보였다.

그리고는 조용히 검을 내려놓았다.

"……."

나는 놀라운 현상을 목격할 수 있었다.

발레키가 검을 내려놓음과 동시에 그의 눈은 장난기를 되찾았고, 표정은 특유의 권태롭기도 하고 어수룩해 보이기도 한 모습으로 되돌아와 있었다.

그가 선보인 검무만큼이나 놀라웠다.

"검무는 동쪽의 이스란 지방에서 즐겨하는 몸 풀기입니다. 검술에 대한 마음을 날카롭게 제련하는 과정이기도 합니다.

나중에 여러분이 검술을 배운 지 20, 30년이 되면 그 과정이 얼마나 중요한지 깨닫게 될 겁니다. 초심. 불타오르는 순수한 열정을 가진 처음의 마음을 쉽게 잊기 때문에 항상 그 느낌을 다시 찾으려고 노력하는 게 중견 검사들입니다.”

어느새 발레키는 자신의 긴 책상에 반쯤 누워서 설명을 하고 있었다.

‘진지한 이야기를 하면 좀 멋있게 설명하면 안 되냐!’

하지만 발레키답다는 생각이 들었다.

진지한 모습의 발레키는 절대 어울리지 않았다. 거기에서 생겨나는 위화감은 누워서 진지한 이야기를 하는 모순됨보다 심했다.

“검무의 장점은 여러 가지를 꼽을 수 있습니다. 그중에서도 제가 가장 좋아하는 건 바로 검술을 단순히 사람을 죽이는 행위가 아닌 아름다운 예술로 승화할 수 있다는 부분입니다.”

‘아름다운 예술’을 말하는 발레키의 눈빛은 그가 말한 ‘불타오르는 순수한 열정’을 담았다.

그 열정은 식지를 않았다.

발레키는 다시 검을 집어 들었다.

그렇다.

또다시 나는 발레키의 눈빛이 심오해지는 독특한 모습을

경험했다.

“검무는 자신이 이해할 수 없는 높은 경지의 것에서도 아름다움을 느낄 수 있고, 강력함 그 자체를 느낄 수 있습니다.”

보통 자신보다 높은 검술을 볼 때는…… 전혀 보이지 않지만, 검무는 눈에 보이고 그것이 전하는 느낌까지 전할 수 있다는 걸 말하고 싶은 모양이다.

한편으로는 이해가 가면서도 그냥 막연한 이치의 일부분으로 생각되기도 했다.

그때 발레키의 검은 움직이기 시작했다.

처음에는 천천히 작은 원을 그렸다.

이후 검을 찌르기도 하고, 연격기를 사용하기도 했다. 발도 현란하게 허공을 갈랐고, 몸이 기이하게 꺾이기도 했다.

이렇게 처음은 꽤 단순했고 느렸다.

하지만 그것은 처음뿐이었다.

휘익!

“차앗!”

갑자기 폭풍이 몰아치기 시작한다.

그 어떤 곡선보다 깔끔한 검로가 이어지기 시작하고, 때로는 바닥에 금이 갈 정도로 강력한 발차기들이 선보여지기 시작했다.

한 수, 한 수의 자세는 완벽했다.

하지만 그보다 놀라운 건 그가 복잡한 수들을 하나로 잇는 방법이었다.

아까도 놀랐지만, 지금은 턱이 빠지려 하고 있었다.

이어짐이 없었다.

대부분 각 동작들을 잇기 위해서는 발이 바뀌어야 한다거나 검을 잡은 자세를 바꿔야 한다.

하지만 발레키는 그 중간 과정을 생략했다.

검을 이끌리는 대로 휘둘렀다.

발레키가 검을 휘두르는 건지, 아니면 검이 발레키를 휘두르는 건지 분간할 수 없었다.

시간이 흐를수록 나는 그의 검무에 빠져 있다는 걸 깨달았다.

내가 발레키인 느낌이었다.

"……."

잠시 뜨겁게 달아오른 가슴에 차가운 물이 끼얹어졌다.

주관적으로 4차원적인 발레키의 성격을 닮았다는 게 아니라, 말 그대로 지금 검무를 펼치고 있는 게 발레키가 아닌 나라는 느낌이 들었다.

동화(同化).

그와 하나가 된 느낌이다.

“…….”

육체적으로 하나가 말고…….

발레키의 검무가 끝났을 때는 묘한 여운이 남았다. 더 보고 싶다는 마음이 반, 나도 저렇게 하고 싶다는 마음이 반.

검무 하나로 발레키가 달라 보였다.

그렇게 열심히 검을 휘둘렀는 데도 발레키는 땀 한 방울 안 흘리며 책상 위에 편안하게 누웠다.

“이제부터 여러분은 검무를 수련할 거예요.”

검무라는 말에 가슴이 뛴다.

벅차오르는 감정을 감출 수 없을 정도다.

“검무는 몸과 마음을 동시에 수련할 수 있는 최고의 수련법이랍니다. 그만큼 제대로 하기도 힘든 게 바로 검무이기도 하지요. 감각이 있어야만 제대로 된 검무를 펼칠 수 있으니까요. 이 감각이라는 게 너무도 모호해서 누가 제대로 된지 구분할 수 없기도 해요. 그래서 제대로 된 교수 아래에서 배워야 하는 거지요.”

발레키는 자신을 가리키면서 자부심에 가득 찬 미소를 지었다.

“…….”

발레키에 대한 환상은 그렇게 와장창 깨졌다.

발레키는 발레키다.

가끔은 그 이상이지만, 대부분 그 이하다.

"검무는 몸과 마음을 단련뿐이 아닌 검술의 흐름을 느끼는 대표적인 수련법이에요. 감각이 최고조로 달해 있고, 검술을 자신의 느낌대로만 휘두르는 것이기에 그 속에서 흐름을 찾기가 쉬워요. 처음에는 그 흐름을 찾는 데 고생을 하겠지만, 일단 찾으면 그 흐름을 쉽게 이끌어갈 수 있답니다. 여러분은 이 흐름을 찾아야 합니다."

생체 에너지를 찾아야 한다니까, 웬 검의 흐름이냐고 따지려던 찰나였다.

"생체 에너지는 바로 이 검의 흐름 속에 있답니다. 생체 에너지라는 게 검의 흐름을 따라가 그 힘을 증폭시키는 역할을 해요. 그래서 일단은 검의 흐름을 찾고, 또 그 흐름 속의 생체 에너지를 찾아야 하는 거랍니다. 검의 흐름을 찾는 일도 어렵겠지만, 그보다 어려운 게 생체 에너지를 발견하는 것입니다. 아직 여러분의 생체 에너지는 미약하기 때문에 찾기가 상당히 애매할 거예요. 앞으로는 정말 힘든 수련이 이어지겠지만, 꼭 이겨내시기 바랍니다."

"……."

난 잠시 고민에 빠져야 했다.

발레키의 수업 내용에 불만이 있는 건 아니었다.

"이런 걸 왜 지금에서야 시작하는 거냐?"

이렇게 가르칠 능력이 있었다면 진즉에 가르쳐 주지, 지금까지 시간을 끌어온 이유를 모르겠다.

그뿐이 아니었다.

"그리고 햄스터는! 그들의 생기에 생체 에너지를 발견하기 쉬울 거라고? 그게 말이나 되냐!"

난 이제 깐죽이를 조종할 수 있을 정도로 그와 많이(?) 교감하고 있었다.

생체 에너지?

만약 분노, 짜증, 억울함, 살인 충동이 생체 에너지에 속한다면 그의 수업 방법에 수긍을 할 것이다. 좋은 수업 방법이었다.

하지만 내가 보기에는 그 어떤 감정도 생체 에너지와는 무관했다.

발레키는 잠시 흠칫한 얼굴이었다.

하지만 곧 그 특유의 여유롭고도 어수룩한 미소를 지어 보였다.

정말 놈에게는 모든 종류의 미소가 어수룩해 보였다.

"여러분은 너무 강함에 집착하고 있었어요. 여러분의 순수한 열정을 다시 일깨워 드리기 위해서 햄스터들을 전격 투입했답니다. 처음에는 생체 에너지를 목적으로 햄스터들과 친해지려 노력했겠지만, 시간이 지나면 지날수록 귀여워서 저절로 친해졌죠? 여러분이 너무 강함에 집착하고 있는 것 같아 그 연결 고리를 느슨하게 하려고 햄스터들과 한 달 반가량을 보낸 것이랍니다."

"……."

난 머릿속에서 천지가 개벽하는 그런 느낌을 맛볼 수 있었다.

귀여워?

저절로 친해져?

귀엽기는 무슨. 사악하기 그지없고, 나와 깐죽이는 아직도 끊임없는 신경전을 펼치고 있었다.

친하다고?

환장하겠다.

하지만 나와는 달리 다른 평민들은 다 맞는 말이라는 듯이 고개를 연신 끄덕이고 있었다.

그러고 보니 저놈들은 햄스터들과 아주 친해졌는지, 지난 2번의 검사 동안에 엄청난 애정을 과시했었다.

물론 나는 발에 불이 나라 뛰어다녔지만 말이다.

나는 불만에 가득 차 크게 소리쳤다.

"햄스터들을 이제야 데려온 게 우리들이 어느 정도 준비가 되기를 기다렸던 거라며?! 그런데 햄스터는 우리의 집착을 완화시키려고 한 것이라고? 그게 말이나 되냐?"

사실을 그대로 말하고 있는데, 이렇게 열거하고 보니까 발레키의 방법이 참으로 이상했다.

우리가 준비될 때까지 기다렸다. 그래서 햄스터들을 데려왔다. 햄스터들은 집착을 완화시킬 것이다. 그래서 검무를 가르칠 수 있다.

어떻게 보면 이해할 수 있을 것도 같았고, 그냥 생각하면 막연하기 짝이 없다.

코에 걸면 코걸이, 귀에 걸면 귀걸이.

그런 말이 떠올랐다.

그냥 수업하기 싫었는데 가르치기는 해야겠으니 이제야 시작하는 게 아닐까? 나머지는 그냥 변명이고?

발레키는 묘한 미소를 지었다.

"검무를 가르치기 위해서는 여러분이 준비가 되어 있어야 합니다."

또 준비, 준비, 준비.

준비라는 단어가 이렇게 애매모호할 수가 없었다.

내가 짜증을 내기도 전에 발레키가 다시 말을 이었다.

"흐름. 이 흐름만큼이나 애매한 게 없답니다. '이게 흐름 같은데, 아닌가? 라는 생각이 계속 반복할 거예요. 그 차이를 알 수 있는 게 감각인데, 이 감각에 무디면 그 두 차이를 정말 구분하지 못한답니다. 정말로 이게 진흙이 뭉친 건지 대변인지 구분이 안 간단 말이에요. 제 생각에는 이제야 여러분의 감각이 어느 정도 굳어졌다고 생각해요. 확실한 감각이 생겼죠. 그래서 이제야 검무를 가르치는 거랍니다."

"……."

항상 느끼지만 발레키의 말에는 무엇인가 신빙성이 있다.

들을 때는 정말 고개를 연신 끄덕이며 수긍하게 되어 있다.

하지만 당하고 나면, '멍청한 놈, 또 당했어' 라고 후회하게 된다.

그리고 항상 그렇듯 이번에는 정말 진짜 같다.

많이 당했지만 이번에는 느낌이 달랐다.

항상 당할 때마다 그런 생각을 했지만, 이번만큼은 다른 것 같다.

이 생각 역시 매번 당할 때마다 했다. 알면서도 당했다.

하지만 이번은, 이번만은 달랐다.

"그리고 햄스터를 키우는 동안 뻣뻣대마…… 아니, 라이오넬 교수의 수업은 쉽게쉽게 했죠? 지옥 훈련은 안 했잖아요?"

저놈은 왜 내가 만든 별명을 아직도 쓰는지 모르겠다.

생각해 보니 발레키의 말이 맞았다.

뻣뻣대마왕의 수업은 살짝 나갔다.

복습만 하고, 자세만 교정할 뿐 예전처럼 몸을 혹사시키는 지옥 훈련을 하지는 않았다.

난 처음 나와의 반목 때문에 놈이 의기소침해하는가 싶었다.

물론 뻣뻣대마왕이라는 사실을 다시 떠올리고는 그 얼토당토않은 생각을 접었지만.

"이 감각이라는 게 묘합니다. 평상시에 항상 할 때는 그게 감각인지 모릅니다. 라이오넬 교수는 여러분에게 감각을 세뇌시킵니다. 그리고 그 감각을 잊지 못하게 죽도록 수련을 시키죠. 다른 생각을 할 수 없을 정도 힘들게 수련하면 계속 감각을 유지할 수 있거든요. 지난 1년 동안 그렇게 열심히 감각을 유지했으니, 쉬고 나서도 다시 그 감각을 날카롭게 세울 수 있어야 재능있는 검사라고 볼 수 있답니다."

발레키의 눈이 반짝였다.

"저는 여러분 모두를 뛰어난 재능을 가진 검사로 보고 있답니다. 하지만 확실하지는 않지요. 여러분은 그런 제게 증명해 주세요. 대륙을 떠들썩하게 할 그런 훌륭한 검사가 될 자질을 제게 보여주세요. 만약 여러분이 다시 제 감각을 찾아 검의 흐름을 느끼고, 생체 에너지를 느낄 수 없다면 당장 집으로 돌아가시는 게 좋을 거예요."

"……."

발레키가 이렇게 세게 나오는 건 처음이었다.

항상 조금 물렁한 부분이 있었는데 오늘은 뻣뻣대마왕을 연상시킬 정도였다.

그래서일까?

두려웠다.

만약 내게 자질이 없다면…….

내가 생체 에너지는커녕 검의 흐름도 볼 수 없다면…….

상급생들은 모두 이뤄냈다.

'그래서 상급생들의 수가 적은가?

생각해 보면 상급생들의 수는 굉장히 적었다.

예전에는 거의 비슷비슷하게 올라가는 줄 알았다. 그래서 기숙사도 그만큼 큰 것이라 생각했다.

하지만 정착 보니까 기숙사에는 내 생각만큼 상급생들이 많지 않았다.

2단계, 3단계가 될수록 학생의 수는 급감한다.

2단계 학생은 그나마 많은데, 3단계 학생부터 그 총 수가 굉장히 적었다.

4단계의 경우, 주몬에는 겨우 50여 명만이 남아 있을 뿐이었다.

200여 명은 될 거라는 내 추측이 보기 좋게 빗나간 것이다.

　5단계 학생은 본 적이 없지만 그 수가 열 손가락으로 세어지지 않을까 싶다.

　이렇게 숫자가 급감하는 걸 보면 각 단계를 넘어가는 시점에 일정한 경지를 요구하는 모양이었다. 그것도 상당히 성취하기 힘든 경지를 말이다. 그리고 그에 못 미치면 가차없이 퇴학시키고…….

　그때 발레키의 목소리가 들려왔다.

　"너무 조급해하시지 않아도 됩니다. 당장에 생체 에너지를 발견 못한다고 재능이 없는 건 아닙니다. 요하네스에서는 생체 에너지를 발견하지 못해도 2단계의 학생까지는 될 수 있답니다. 실제로 꽤나 많은 2단계 학생이 생체 에너지를 발견하지 못했답니다. 검의 흐름만 간신히 발견했을까? 적어도 2년 6개월은 남아 있으니까 크게 걱정하지 않으셔도 됩니다."

　"……."

　시간이 조금 늘기는 했지만, 과연 내가 그것을 해낼 수 있을까라는 의문이 들었다.

　만만하기만 했던 요하네스가 한없이 커 보였다.

　어쩌면 뻣뻣대마왕의 말이 사실일지도 모른다.

　루머에 지나지 않던, 모나크, 베네하임의 학생보다 요하네스의 학생들이 뛰어나다는 말이 진리일 수밖에 없을지도 모른다.

발레키는 갑자기 자리에서 일어났다.

그리고는 강의실의 문 앞에 섰다.

"자, 이제 갑시다. 지금서부터는 오로지 야외 수업입니다. 봄 날씨를 만끽하면서 검의 춤을 추자고요!"

어린아이처럼 생글생글 웃는 발레키.

"……."

나도 저렇게 웃고 싶었다.

하지만 내 어깨에 지어진 짐은 상당히 무거웠다.

아직 생체 에너지는커녕 검의 흐름에 대해서도 모르는 이 시점에, 2년 6개월이라는 시간도 굉장히 짧아 보였다.

"휴우."

한숨밖에 안 나온다.

학생들이 발레키를 따라 강의실을 나서려던 찰나였다.

"아참, 햄스터는 가지세요. 햄스터를 보면서 집착을 버려야 한다는 걸 떠올릴 수도 있고, 귀엽기도 하잖아요. 잘 키워보세요~ 귀여운 햄스터를 그냥 버릴 수도 없잖아요?"

"……."

왜 못 버려?

그냥 버리면 되지.

나는 왠지 마음이 훈훈해졌다.

13

　태양이 하늘의 중앙에서 제 위용을 과시하고 있는 가운데, 우아한 자태를 자랑하는 뭉게구름이 그 주위에 포진하고 있었다.

　날씨는 최고였다.

　바람에 살짝 휘날리는 머리카락에 봄의 상쾌한 기운이 스며들었다.

　야외 수업을 하기에는 최고의 날이었다.

　발레키는 연무장의 가장 앞에서 목검을 잡고 서 있었다.

　평범한 경장이었다. 단추 두 개에 평범한 라인의 싸구려 경장 말이다.

　그런 경장을 입고 있는 발레키의 모습은 우아하기 그지없었다.

　옷의 라인을 자기가 만들었고, 그가 서 있는 폼이 전체적인 맵시를 형성했다.

　바람에 흩날리는 머리는 한 폭의 그림처럼 아름답기 짝이 없었다. 햇빛을 받아서인지 은빛의 물결이 경이롭기까지 했다.

　봄을 만끽하고 있던 그의 입이 열렸다.

"좋은 날이네요. 이 봄의 기운에 취할 줄 아는 것도 감각이 있어야 해요. 잠잠히 숨죽였던 식물들이 기지개를 켜기 시작하는 생기를 느낄 수 있어야 생체 에너지를 발견할 수 있답니다."

발레키는 여전히 눈을 감은 채 따뜻한 무엇인가를 느끼고 있었다.

나도 눈을 감았다.

기분은 참 좋았다.

온몸을 때리는 봄의 바람도 좋았고, 봄의 햇빛도 좋았고, 충만한 따스함도 너무 좋았다.

하지만 식물들의 생기는 도대체 무슨 뜻인지, 무슨 느낌인지 감도 잡히지 않았다.

그래도 좋았다.

생체 에너지에 대한 압박감은 어디론가 훨훨 날아가고, 이 봄의 기쁨만이 자리했다.

"그럼 이제 수련을 시작하도록 하겠어요."

눈을 떴다.

발레키는 연무장의 앞에 있는 큰 바위 위에 걸터앉으며 말했다.

"검무의 기본은 흐름이에요. 자신이 원하는 대로 검을 휘두르는 게 아니라 검이 가고자 하는 방향대로 휘둘러야 해요.

그 차이를 명백히 알게 되면 검의 흐름을 찾았다고 할 수 있어요. 물론 그런 미세한 차이를 알 수 있을 정도로 감각이 예민해지기 위해서는 연습밖에 없답니다. 매일매일 꾸준히 정말 죽을 정도로 연습해야 돼요."

발레키는 갑자기 눈에 힘을 주었다.

자기 딴에는 살짝 무서운 표정인 듯싶었다.

"여기서 조심해야 될 몇 가지가 있답니다. 연습이란 검을 무작정 휘두르는 게 아닙니다. 검과 한마음이 되려고 노력해 보세요. 햄스터를 대하듯 검을 대하세요. 그럼 언젠가는 검이 마음을 열 거예요. 여러분은 이제 햄스터가 무엇을 원하는지 대충 알 수 있죠? 나중에 검이 어떤 것을 원하는지 눈치 챌 수 있는 단계가 올 거예요. 그때까지는 끊임없이 속삭이며, 고민하며 검을 휘두르세요."

나는 햄스터를 대하듯 검을 대하라는 말에 잠시 고민에 빠졌다.

그리고 내 칙칙한 검을 가만히 내려다봤다.

'너도 착한몸매 좋아하냐?'

이렇게 말하려던 걸 말았다.

"그리고 연습이라는 걸 무조건 많이, 계속 하라는 게 아니랍니다. 정말 지겨울 정도로 계속 검을 휘두르면 감각이 무뎌지는 때가 있습니다. 미세한 차이는커녕 큰 차이도 구분하지 못할 정도로 감각이 무뎌진답니다. 그럼 이건 오히려 해가 돼요. 앞으로의 성장에 큰 장애가 될 수밖에 없어요. 지겨워진다 싶으면 쉬세요. 검무는 항상 지금 봄의 기운이 주는 것과 같은 활기에 가득 찬 동안에 연습해야 합니다."

감각이 무뎌진다라…….

확실히 과하면 그럴 수도 있겠다는 생각이 든다.

"자, 그럼 이제 한번 해보세요. 제가 지나가면서 봐드리겠어요."

같은 시간에 같은 시간표를 따르는 그룹은 30명이다.

그 30명이 연무장에 넓게 서서 검을 휘두르기 시작했다.

검무가 체계가 잡힌 주몬의 검술이라면, 그 자세를 열심히 수련하면 된다.

하지만 검무만큼 막연한 검술은 없었다.

왕도가 없었다.

어떤 자세 다음에 이 자세를 해야 된다는 가이드라인이 없었다.

오로지 감각이다.

휙휙.

파박.

"악!"

"너, 절로 가! 왜 이렇게 가까이 왔어!"

"젠장, 네가 온 거잖아."

"……."

순식간이었다.

발레키의 검무는 평온했다.

조용했고, 평안했다.

하지만 평민들의 검무는 정확하게 그 반대였다.

시끄러웠고, 혼란했다.

보통 검술을 같이 펼칠 때는 모두가 똑같이 움직인다.

오른쪽으로 움직이면, 상대도 오른쪽으로 움직이고, 왼쪽일 때는 상대도 왼쪽이다.

똑같은 검술을 배우기 때문이다.

하지만 검무는 자기가 아무렇게나 검을 휘두르기 때문에 자신이 왼쪽으로 움직이고 있는데 상대가 오른쪽으로 움직일 수도 있다.

그럼 당연하게도 부딪친다.

그렇게 부딪치지 않아도 혼란은 이어졌다.

검을 자신이 원하는 대로 휘둘러 나오는 양상은 참으로 다양했다.

검무는 춤의 일종이었다.

어떤 춤을 춰도 멋지게 잘 추는 사람이 있듯, 그 어떤 춤을 춰도 어색하고 웃음밖에 안 나오는 사람이 있다.

안타깝게도 이 세상에는 후자의 사람들이 훨씬 많았고, 춤이라고는 춰본 적이 없는 평민들의 전체가 후자에 속했다.

정말 웃음밖에 안 나왔다.

검무를 추라고 했더니 이놈들은 카오스를 세상에 선보이고 있었다.

정작 카오스를 형성한 발레키는 그 모습을 가만히 바라만 보고 있었다.

당연히 조용히 하라거나 다시 넓게 서서 해보라거나 하는 지시가 있어야 하는데, 발레키는 가만히 미소를 띤 채 이 사태를 지켜보고 있었다.

즐기고 있는 것 같았다.

중간 중간에 웃는 걸 보면 정말 재밌나 보다.

난 조용히 검을 뽑아 들었다.

스릉!

은은하게 퍼지는 소리가 좋았다.

칙칙한 검도 따스한 햇빛을 받으면 기분이 좋은 걸까?

새하얗게 빛이 난다.

검을 보며 피식 웃었다.

예전에는 신검 혹은 마검인 줄 알았는데, 그냥 평범한 검이었다.

이상하게도 뻣뻣대마왕의 몸에 닿으면 엄청난 힘을 발휘

하는 검!

아직도 그 짜릿함이 손에 느껴지는 것 같았다.

생체 에너지.

벽을 파하게 해주는 힘을 선사하는 게 바로 생체 에너지라고 했다.

그 짜릿함을 다시 한 번 느끼고 싶었다.

나는 일단 간단하게 검을 찔렀다.

전진 스텝을 사용하기도 하고, S자 스텝을 밟기도 했다.

베기도 해보고, 막기 동작도 펼쳐 봤다.

유쾌했다.

그냥 검을 휘두르기만 하는 데도 즐겁다.

생각해 보면 지금까지는 강해지기 위해서 검을 휘둘렀다.

조금이라도 빨리 강해져서 나를 무시하는 놈들의 코를 납작하게 해줄 생각이었다.

그래서 놈들을 노예처럼 부리려고 했던 게 목적이었다.

그런 연습이 즐거울 리가 없었다.

연습이 주는 뿌듯함은 없었지만, 연습 동안은 너무도 힘들었다.

하지만 검무 자체는 즐겁다.

내가 원해서 검을 휘두른다.

몸이 이끌리는 대로 검을 이리저리 휘두르고, 검을 빙글빙글 돌려보기도 했다.

검무는 내게 새로운 일탈을 가져다주었다.

난 너무도 신이나 아까 발레키가 보여줬던 뒤돌려 차기를 하려고 뛰었다.

"윽."

나는 지금까지 뒤돌려 차기를 단 한 번도 해본 적이 없다는 사실을 바닥을 뒹굴고 나서야 기억했다.

난 몸이 유난히 뻣뻣한 편이었다.

스트레칭은 내게 있어 고역이었다.

그러니 발차기 같은 걸 할 수 있을 리가 없었다.

점프력은 괜찮아도 다리가 쫙 펴지지를 않으니 당연히 나는 바닥에 처참하게 뒹굴 수밖에 없었다.

"푸하하하!"

"큭큭큭큭."

나는 그제야 평민들이 내게 시선을 집중하고 있다는 사실을 깨달았다.

내가 넘어진 걸 모두 봤는지 그들은 동시에 웃음을 터뜨렸다.

얼굴이 빨갛게 달아올랐다.

'언제부터 본 거야!'

나를 지켜보고 있었던 게 아니면 내가 왜 넘어져 있는 줄
모를 텐데…….

짝짝짝!

박수 소리에 옆을 쳐다봤다.

어느새 발레키가 옆에 다가와 있었다.

"크리스티안님은 역시 대단하셔요. 검무는 춤입니다. 춤은
즐기기 위해 있는 것이고요. 필요에 의해 검을 휘두르지 마시
고, 크리스티안님처럼 즐기기 위해서 검을 휘둘러 보세요. 검
술은 그 자체만으로도 재밌는 예술 행위랍니다."

발레키는 내게 윙크를 해주었다.

얼굴이 다시 후끈 달아오른다.

물론 놈의 윙크가 매력적이어서가 아니었다.

그냥 부끄러웠다.

발레키의 말은 계속 이어졌다.

"그럼 이제 수련하세요. 적당히 넓은 거리를 유지하시고
요. 원하시면 연무장의 밖에 자리 잡고 하셔도 됩니다. 대신
제 시야에 들어오는 부분에 계세요~"

평민들이 다시 검무에 열중을 하자 발레키는 사뿐사뿐 내
게 걸어왔다.

"……."

정말 보기만 해도 어이가 없는 발걸음이었다.

자기가 무슨 나비라도 되는 줄 아나.

발레키는 내 귀에 한마디만을 속삭이고는 다시 바위를 향해 걸어갔다.

그 한마디는 내 뇌리에 각인되었다.

평생을 가도 잊지 못할 것이다.

"크리스티안님은 타고났어요."

그냥 단순한 칭찬이었다.

하지만 왠지 그에게서 들으니까 기분이 좋았다.

휘익!

나는 웃으면서 검무를 췄다.

이론은 없다.

누가 이래라저래라 하지 않는다.

그냥 즐기라!

이게 검무의 전부다.

14

발레키의 수업은 더 이상 2주의 한 번이 아니었다. 1주에 4번이었다.

1주에 4번은 의무적으로 검무를 춘단 말이다.

하지만 억압적이지도 않았고, 내키지 않으면 하지 않아도 되었다.

하지만 나는 매일 했다.

수업을 듣지 않은 날에도 연무장에 가서 한 번씩 검무를 췄다.

검무는 독특한 매력이 있었다.

검의 흐름, 생체 에너지.

그런 건 잘 모르겠다.

하지만 내 자신이 다른 세계에 가 있는 느낌이 든다.

지옥 같은 요하네스가 아닌, 내가 원하는 세계에 가 있듯 편안했다.

땀이 홍수를 이루어 몸을 흥건히 젖게 하지만 마음은 너무도 상쾌했다.

특히 검무를 마치고 샤워를 하는 것만큼 기분이 좋은 게 없었다.

나는 정말 즐기고 있었다.

내 기분이 이렇게 항상 좋아서일까?

"뭐가 그렇게 좋아?"

착한몸매가 연녹색의 큰 눈을 반짝이며 묻는다.

"오늘은 그냥 기분이 좋은 날이야."

착한몸매와 상당히 친해졌다. 농담도 하고, 밥도 항상 같이 먹는 그런 사이가 되었다.

"그래?"

우리는 조용히 밥을 먹었다.

예전에는 아무 말이 없으면 어색한 느낌만 들었다.

하지만 이제는 그냥 편하다.

조금은 좋기도 하다.

그때 갑자기 그녀가 물었다.

"너, 검무를 무지 찰 춘다면서?"

생글생글 웃으면서 나를 똑바로 보니 괜히 얼굴이 빨개졌다.

"누가?"

나와 그녀는 그룹이 달랐다.

누구에게서 들었는지 궁금했다.

"발레키 교수님이 항상 칭찬하서. '인간성은 몰라도 재능은 뛰어난 학생이에요~' 라고. 다른 그룹에게도 그렇게 말하는 것 같던데?"

나는 고개를 절레절레 흔들었다.

자기는 인간성이 얼마나 좋다고…….

"그래도 칭찬은 좋은가 보네? 미소가 가시지를 않아. 킥."

작게 입을 가리면서 웃는 모습까지 예쁘다.

나는 어깨를 으쓱했다.

"그렇게 잘하면 나도 언제 한번 봐줘야 하는 거 아니야? 너만 너무 잘하는 건 불공평하잖아."

"다음에."

문득 이상야릇한 상상이 뇌리를 스쳐 지나갔다.

생각해 보니 그런 이야기가 많았다.

단둘이서 남자가 여자에게 무엇인가를 가르쳐 준다. 꼭 남자가 가르치는 게 아니라 반대의 입장이어도 마찬가지다.

처음에는 잘 가르쳐 준다.

하지만 시간이 흐르면 흐를수록 둘 사이에 묘한 기류가 형성되고, 이윽고…….

"……!"

또 얼굴이 빨개진다.

이거 요하네스가 날 완전히 쑥맥으로 만들었다.

아니면 착한몸매가 너무 아찔할 정도로 매력이 있는 것일 수도 있다.

그때 돼지소년이 다가왔다.

뒤룩뒤룩 살이 찐 그가 말이다.

평상시 그에게 별 좋은 감정을 가지고 있지 않았기에 노골적으로 표정을 구겼다.

"크리스."

"크리스티안이야."

어조가 저절로 싸늘해진다.

왠지 불안했다.

그냥 이유없이 불안했다.

오래 지나지 않아 불안할 이유가 생겼다.

"라이오넬 교수님이 부르셔."

나는 돼지소년을 똑바로 쳐다봤다.

"뻣뻣대마왕이?"

돼지소년은 착한몸매의 앞이어서 긴장했는지 식은땀을 흘리며 고개를 끄덕였다.

"……."

나는 조용히 일어났다.

이제까지 살아오면서 내가 무슨 잘못을 했는지 떠올렸다.

뇌리에 수많은 것이 지나가지만 뻣뻣대마왕이 그걸 모두 알고 있을까?

아니, 뻣뻣대마왕이 뭔데 나를 심판한단 말인가!

짝짝.

나는 내 얼굴을 때렸다.

그는 심판을 하는 사람이 아니었다.

신은 아니잖은가.

적어도 내가 알기로는…….

뻣뻣대마왕에게 불려갈 때는 적어도 냉정을 유지해야 한다.

그 어떤 일이 있어도 견뎌낼 수 있어야 한다.

하늘이 무너져도 솟아날 구멍을 찾아야 하고, 용암에 빠져도 그 빈틈을 찾아야 했다.

'하늘이 무너지면 당연히 다 무너지니까 구멍이 없고, 용암에 무슨 틈이 있어!'

벌써 몸이 덜덜 떨린다.

예전이면 몰라도 그와 반목하고 나서는 상황이 많이 달라졌다.

이제는 다시 그가 무서웠다.

사람 자체가 달라진 건 아니겠지만, 그래도 분위기가 살짝 달랐다.

나는 착한몸매를 바라봤다.

그녀는 '저녁에 봐' 라고 말하며 손을 흔들어주었다.

나는 그녀에게 손을 흔들어주며, 그 예쁜 얼굴과 성숙미(?)가 참 착한 몸매를 눈에 담아두었다.

다시는 잊어버리지 않도록…….

"돼지소년, 어디로 가면 되냐?"

꿀꺽.

'설마 죽이기야 하겠어' 라는 심정으로 물었다.

돼지소년은 착한몸매에게서 눈을 떼지 않으며 입을 열었다.

"바깥 연무장."

"······."

나는 잠시 가만히 서 있었다.

그리고 창가로 보이는 하늘을 올려다봤다.

'죽을지도 몰라.'

15

우르르, 쾅쾅!

마른하늘에 날벼락이라고 했던가?

갑자기 천둥번개가 친다.

쿠르르르.

그리고 바닥을 때린 번개 때문인지 혹은 지진 때문인지 땅이 반으로 갈라진다.

거기에서 재앙은 끝이 아니었다.

갑자기 갈라진 틈을 타고 용암이 폭발했다.

요하네스의 앞뜰이 지옥의 입구로 보였다.

지옥의 입구 앞에는 바로 한 사람이 서 있었다. 온통 검은 옷으로 치장해 입은 자!

외모는 천사에 가깝지만 그가 내뿜는 분위기는 악마의 그것과 비슷했다.

―죽어라!

갑자기 그 악마는 불의 검을 소환해 돌진해 왔다.

그리고 나는 그렇게 장렬히(?) 죽음을 맞이…… 하는 일은 없었다.

머릿속이 복잡했다.

한 걸음 한 걸음이 이렇게 무거운 적은 없었다.

뻣뻣대마왕은 연무장의 한가운데 가만히 서 있었다.

서 있으면 조금은 움직이기 마련인데, 뻣뻣대마왕은 조금도 움직이지 않았다.

무슨 석상이라도 되듯 미동도 하지 않았다.

오늘은 이상하게도 특유의 검은 망토를 걸치고 있지 않았다.

대신 얇고 검은 코트를 입어 망토나 다름없어 보였다.

바람에 그의 긴 머리와 코트가 하나가 되어 찰랑이고 있었다.

날씨가 좋지만, 그렇지 않게 느껴진 적은 처음이었다.

그의 주위에는 암흑의 포스가 함께하는 것만 같았다.

맑은 하늘에 언제라도 천둥번개가 몰아칠 것 같고, 땅이 갈라져 용암이 폭발할 듯싶었다.

어색한 정적이 흘렀다.

'주몬의 검술'에서도 별말을 하지 않았고, 지나가면서도 인사를 하는 둥 마는 둥해서인지 말을 꼭 해야 하는 지금이 꽤나 어색했다.

평생 닫혀 있을 것만 같던 뻣뻣대마왕의 입이 열렸다.

"왜 지금까지 찾아오지 않았지?"

"……?"

뜬금없는 질문에 나는 내 볼을 꼬집어봤다.

사실 뻣뻣대마왕이 갑자기 날 불렀다는 것 자체가 꿈에 가까웠다. 지난 두 달간 그가 나를 부른 적이 없었으니 말이다.

"앗!"

볼이 부어오르는 걸 보면 꿈은 아니었다.

뻣뻣대마왕은 그런 나를 한심하게 보며 말했다.

"네가 직접 특별 훈련을 요청했다. 그럼 네가 그 약속을 이행해야 하는 것 아닌가?"

"……."

나는 뻣뻣대마왕의 눈빛을 그대로 되받아주었다.

그는 나와 다른 세계에서 살고 있었던 것일까? 사실 원래

뺏뺏대마왕이 아닌, 뺏뺏대마왕의 얼굴을 한 사람이 그와 내가 싸운 날 딱 나타났던 것일까?

"그게 무슨 말이야! 너랑 나랑 싸웠잖아! 그래서 한동안 말도 안 하고! 그럼 당연히 수련 안 하는 거 아니야?"

상식이었다.

하지만 어찌 보면 그에게 상식을 요구하는 게 무리일지도 모른다는 생각이 들었다.

"난 지난 두 달간 기다렸다. 하지만 오지 않은 건 너였다."

"……."

잠시 말문이 막혔다.

이렇게 나오니까 또 할 말이 없다.

"검술은 제 기분에 따라 수련하고 안 하는 그런 게 아니다. 그 어떤 상황에서도 제 실력을 발휘할 수 있어야 진정한 검사라 할 수 있다. 너는 감정을 다스리는 부분에서부터 낙제다."

만나자마자 또 평가를 받다니…….

어처구니가 없어서 입이 다물어지지를 않는다.

"너, 억지 쓰는 거 알아? 우린 분명히 싸웠고, 너도 나를 가르치려 하지 않았어. 만약 가르치려고 했다면 날 불렀겠지!"

뻣뻣대마왕은 꿈쩍도 하지 않았다.

"불렀다."

"언제!'

"지금."

"……."

또다시 말문이 막힌다.

"더 일찍 불렀어야지!"

"제 발로 올 줄 알았다. 항상 네가 먼저 오지 않았나?'

"……."

생각해 보니 또 그렇다.

이상하게도 뻣뻣대마왕의 말은 계속 옳았고, 나는 즉각즉각 놈의 말에 대답할 수 없었다.

나는 상황을 정리했다.

"그러니까 지금까지 훈련을 못한 건 모두 내 잘못이네?"

뻣뻣대마왕은 단호하게 고개를 끄덕였다.

"그렇다. 나는 네게 도움이 될 만한 조언을 해주었지만, 너는 그 사실을 받아들이지 않았다. 그리고 다음 훈련 시간에 오지 않았다. 이에 대한 책임은 전적으로 네게 있다."

"……."

가만히 듣고 있으면 다 사실이다.

하지만 뭔가가 불안했다.

항상 그렇듯 뻣뻣대마왕의 암수에 빠져들고 있다는 생각을 지울 수가 없었다.

오래 지나지 않아 무엇인가가 떠올랐다.

나는 미소를 지었다.

그에 뻣뻣대마왕이 저절로 흠칫했다.

"그날 훈련 시간의 반도 안 채우고 먼저 나간 게 누군 줄 알아? 게다 넌 꼭 내가 훈련 시간에 안 와서 화가 났다는 식으로 말하고 있어. 넌 분명 우리가 싸워서 화가 나 있었어. 증거를 대줘? 분명 다음 훈련 시간이 되지 않았는 데도 너는 날 보면 아무 말도 안 했고, 항상 피하기만 했어. 너도 날 가르칠 생각이 없었잖아. 너도 인정해."

뻣뻣대마왕의 백옥 같은 얼굴에 미묘한 감정의 변화가 있었다.

그 감정은 당혹이었다.

"……."

뻣뻣대마왕은 아무 말도 하지 못했다.

나는 웃음을 참을 수가 없었다.

"너, 나랑 다시 친해지고 싶었구나? 더 자주 보고 싶었지? 두 달 동안의 냉전이 참을 수 없을 정도로 괴로웠어? 푸하하. 그럼 진즉에 말하지! 내가 그런지도 모르고 너무 싸늘하게 대했네."

사실 싸늘하게 대한 건 뻣뻣대마왕이고, 나는 어색해서 다가가지도 못했다.

시시각각 바뀌는 뻣뻣대마왕의 표정을 보니 더 이상 놀릴 수가 없었다.

나는 거의 처음으로 놈의 분홍빛 얼굴을 볼 수 있었다.

게다 항상 고개를 빳빳이 들던 놈인데, 머리를 푹 수그리고 있는 걸 보니까 괜히 기분이 좋았다.

"내가 잘못했어. 그러니까 이제 다시 지옥 훈련하자. 나는 아직도 강해지고 싶은 게 맞으니까, 묵은 과거는 잊고 다시 시작하는 거야!"

뻣뻣대마왕의 표정은 절정을 향해 다가가고 있었다.

조금만 자극하면 '쑥스러워하고도 부끄러워하면서 민망해하는' 뻣뻣대마왕의 표정을 볼 수 있을 것 같았다.

"근데 나는 여자를 좋아하는데 어쩌냐? 그래도 내가 남자에게도 매력적인 사람이라는 걸 알게 되니 좋은데? 어쨌든 특별한 애정은 못 주고, 교수로서는 존중해 줄 테니까 그 정도로 만족했으면 좋겠어. 아아, 걱정하지 마. 난 동성애에 대한 편견은 없어. 그냥 사랑하는 방법이 남과 다른 것뿐이잖아?"

나는 연극을 했으면 잘했을 거라는 생각이 들었다.

동성애라는 단어가 나오자 결국 뻣뻣대마왕은 폭발하고야

말았다.

"꺼져라. 없던 일로 해라."

뻣뻣대마왕은 무서울 정도로 빠르게 요하네스로 달려갔다.

하늘이 내려주신 기회를 이렇게 떠나보낼 내가 아니었다.

"야! 지금 토라진 거냐? 미안해, 미안하다고! 근데 어떻게 하냐! 여자가 더 좋은걸. 그래도 잘해준다니까? 같이 가!"

나는 뻣뻣대마왕을 따라 달려갔다.

뻣뻣대마왕의 긴 다리가 또 얼마나 빨리 움직이는지 따라잡을 수가 없었지만, '동성애'를 강조하며 요하네스가 떠나가라 크게 뻣뻣대마왕에게 이런저런 말을 하자 결국 놈은 뒤로 와 나를 붙잡아갔다.

뻣뻣대마왕에게 끌려가며 '앗! 야, 사랑은 강요하는 게 아니야!' 라는 말을 했을 때의 그의 표정은 평생 잊지 못할 정도로 짜릿했다.

이렇게 나는 뻣뻣대마왕과 화해했다.

그를 놀릴 수 있는 기회가 있어 행복하기는 했지만, 그 기회를 이용한 게 결코 좋은 게 아니었다는 사실을 오래 지나지 않아 깨달았다.

하지만 그럴 만한 가치가 있었다는 사실에는 그 누구도 이

의가 없으리라.

큭큭.

그렇게 유쾌한 봄은 지나갔다.

16

여름은 봄과 조금 다른 짜릿한 계절이다.

요하네스에 와서 죽어라 수련을 하지만, 그래도 전의 생활
보다 팔자가 편 평민들이 자기 모습을 가꾸는 데 꽤나 많은
시간을 투자해 왔다.

옷은 전체적으로 싸구려지만, 그래도 깨끗한 옷들이 많았
다.

그리고 여자들의 옷은 예쁜 게 많았다.

여자들은 직접 천을 구해다 옷을 만들어 입기 때문에 남자
들보다 훨씬 다양한 옷들을 가지고 있었고, 더 세련되기도 했
다.

그래서 여름은 짜릿했다.

작년처럼 덥지는 않았지만, 작년처럼 화끈하기는 했다.

남자도 마찬가지겠지만 여자는 자신의 옷에 유난히 많이
신경 쓴다.

옷뿐만 아니라 액세서리, 화장 등 외양에 많은 시간을 투자한다.

여름이 되면 그들은 짧은 스커트를 입기 시작하고, 민소매의 원피스를 입기 시작했다.

그 이외에도 천을 많이 아낀 옷을 입었다.

귀족의 문화에서는 생각도 할 수 없는 일들이었다.

귀족은 아무리 더워도 정장을 차려입었다. 겨울의 것보다 훨씬 얇은 천을 사용하지만, 그래도 겹겹이 입는 정장이나 드레스는 땀띠의 친척이었다.

그렇지만 자신의 명예를 위해서는 그렇게 입어야 했다.

반대로 평민들은 그런 명예가 없었다.

더우면 짧게 드러나는 옷을 입어야 한다.

거기에서 평민들의 새로운 문화가 탄생했다.

그렇게 덥지 않아도 일부러 드러나는 옷들을 입는다.

남자의 시선을 받기 위해서다.

꼭 남자의 시선을 받기 위해서라고 단정 짓기는 힘들지만, 그래도 그런 옷을 입으면 남자의 시선을 받는다는 걸 알면서 입는 건 확실하다.

"……."

그렇다.

평민들은 아찔한 옷차림을 주저없이 입는다.

몸에 쫙 달라붙고, 천까지 얇아 몸매가 그대로 드러나는 옷
들이 얼마나 유혹적인지 보지 못한 사람은 추측할 수도 없을
것이다.

그리고 전부 운동을 해서일까, 여자들의 몸매는 이상적이
었다.

다리가 굵지도, 얇지도 않았다.

전체적으로 몸에 균형이 잘 잡혀 그 어떤 옷을 입어도 잘
어울리는 여자들이 많았다.

모든 여자들이 짧고 몸매가 잘 드러나는 옷을 입는다고 생
각해 봐라.

천국이 따로 없다.

평민들에게서는 저급한 문화밖에 없는 줄 알았는데, 이것
만은 귀족 사회에도 널리널리 전파되었으면 좋겠다는 생각이
무럭무럭 자랐다.

"후우."

계절이 바뀌었지만 내 고민은 봄의 것과 똑같았다.

생체 에너지의 발견.

아직도 검의 흐름이 무엇인지 몰랐다.

다만 검을 어떻게 휘두르면 좋은지, 재밌는지 정도만 알 뿐
그 이상의 진전은 없었다.

뻣뻣대마왕과의 지옥 훈련이 재개된 이후 생체 에너지에

대해 집중적으로 파기 시작했지만, 나아지는 게 없었다.

찍찍.

“…….”

뭔가 집중을 하려고 하면 그 사실을 또 어떻게 그렇게 잘 아는지 깐죽이가 끼어든다.

깐죽이는 선천적으로 무엇을 하면 상대가 짜증 내는지 아는 것 같았다.

“조용히 해!”

찍찍.

절대 들을 리가 없었다.

오히려 조소를 지어 보인다.

“그럼 조용히 하지 마!”

조용히 하라고 하면 찍찍거리니까 반대로 하면 찍찍거리지 않을까 싶어 시도했다.

그런데 먹힌…… 줄 알았다.

“…….”

깐죽이는 가만히 나를 노려보고 있었다.

지난 3개월간 깐죽이를 키워본 결과, 나는 그의 다양한 표정들을 분석할 수 있는 경지에 이르렀다.

‘넌 그게 재밌냐? 미친놈’ 이라는 게 분명했다.

찍찍.

그리고는 조소를 지어 보인다.

이놈은 제 주인한테 못 지어 보이는 표정이 없다.

애초에 햄스터가 그런 지능이 있는지 궁금했지만, 햄스터가 그런 표정을 못 짓는다고 하면 어쩌겠는가. 깐죽이는 하는데…….

결국 나는 마지막 카드를 꺼내 들었다.

"너, 정말 착한몸매 보기 싫냐?"

찍찍찍찍.

깐죽이는 갑자기 바닥을 뒹굴기 시작했다.

인간의 입장에서 따지면 박장대소에 웃음을 터뜨리는 것도 모자라 바닥을 뒹구는 것과 똑같은 행동이라고 볼 수 있을까?

나는 씁쓸한 미소를 지었다.

착한몸매는 이상하게도 깐죽이를 상당히 귀여워했다.

깐죽이는 그걸 알았는지 나를 한 번 시험해 봤다.

그때도 이런 식으로 협박을 했지만, 결국 착한몸매가 보고 싶다고 해서 어쩔 수 없이 데려왔다.

그 이후 깐죽이는 통제 불능이었다.

절대로 내 말을 듣지 않았다.

나는 새로운 카드의 필요성을 절실히 느꼈다.

그때 문득 뇌리를 스치는 좋은 생각이 있었다.

저절로 미소가 지어지는 최고의 방법이었다.

나는 내 미소를 보며 흠칫하는 깐죽이를 동정에 가득 찬 눈으로 봤다.

그러자 놈은 '그런 위선적인 눈빛 빨리 안 지워?' 라는 눈빛을 보내왔다.

나는 놈에게 작게 속삭였다.

"나는 널 굉장히 좋아해."

속이 이상하다.

깐죽이는 '무슨 속셈이냐!' 라고 생각하고 있는지 얇게 뜬 눈에 고개를 갸웃거렸다.

"그런데 네가 이렇게 날 힘들게 하면 그냥 포기해 버릴 수도 있어. 내가 너한테 얼마나 신경을 쓰는지 알지?"

찍찍.

그 어조가 마치 '웃기고 자빠졌네' 로 들렸다.

나는 여전히 미소를 유지했다.

"매일매일 밥도 챙겨주잖아. 근데 더 앞으로 힘들면 그냥 포기할 수도 있어. 그냥 밥도 안 주고, 물도 안 주고 신경을 끌 수도 있다고. 그런데 그렇게 하면 내 마음이 너무 아플 것 같아서 못하고 있는데, 네가 계속 힘들게 하면 그렇게 할 수밖에 없어."

찍찍찍(이런 치사한 놈! 먹을 걸로 협박하냐!)!

분노에 몸을 부들부들 떠는 깐죽이를 바라보는 마음이 이
렇게 흡족할 수가 없었다.

"그러니까 앞으로 잘하렴."

그 말을 남기고 나는 침대에 누웠다.

당연하지만 깐죽이는 조용했다.

역시 깐죽이는 내 상대가 아니었다.

"후우."

깐죽이를 사뿐히 즈려밟아 주었는 데도 머릿속이 복잡했
다.

마음은 돼지소년이 가슴 위에 올라탄 것처럼 무거웠다.

생체 에너지를 발견할 수 있을 것도 같았고, 없을 것도 같
았다.

이런 기분은 사람을 정말 미치게 만들었다.

손에 잡힐 듯 말 듯.

제대로 가고 있는 것 같기는 한데, 어떻게 보면 아닌 것 같
기도 하고.

쾅쾅!

나는 벽에 머리를 박았다.

가끔 듣는 이야기 중에서는 주인공이 벽에 머리를 박으면,
'그래, 그거야!' 하고는 신나게 외치면서 복잡했던 문제를 순
식간에 풀어버리고는 한다.

그때였다.

“……!”

무엇인가를 깨달았다.

나는 황급히 이마를 부여잡고 침대를 굴렀다.

“쿵.”

벽에 머리를 박으면 아프다.

한참 동안 구르자 고통이 서서히 완화되었다.

이번에는 조금 논리적으로 생각을 해보기로 했다.

어떻게 하면 생체 에너지를 발견할 수 있을까가 주제이
다.

―발레키의 말에 따르자면, 검무를 통해 생체 에너지를 보
다 효율적으로 느낄 수 있다고 한다.

뻣뻣대마왕은 발레키가 그 분야에 있어서만은 최고라고
말했다.

그렇다면 분명 검무를 통해서 생체 에너지를 발견할 수 있
는 확률이 그 어떤 방법보다 높다.

그런데 안 된다.

“…….”

여기서 내 논리적인 사고는 막혔다.

나는 이 문제를 조금 다른 시각으로 접근하기로 했다.

—안 풀리는 문제가 있다.

안 풀리는 문제는 풀어야 한다.

나는 못 푼다. 그렇다면 누군가 다른 사람의 도움을 구해야 한다.

나를 도와줄 수 있는 사람은 발레키와 뻣뻣대마왕밖에 없다.

현재는 그들의 도움을 받고 있다.

그런데도 아직 생체 에너지의 일부분도 본 적이 없다.

또 막혔다.

"……."

쾅!

이번에는 열 받아서 벽을 머리에 박았다.

"큭."

머리가 깨진 게 아닐까 의심스럽다.

고통을 완화시키려고 머리를 절레절레 흔드는데 갑자기 구석에 처박힌 내 검이 눈에 들어왔다.

나는 이번에는 독특한 방법의 사고를 해봤다.

—생체 에너지를 발견하기 위해서는 그것이 무엇인지를

알아야 한다.

생체 에너지를 경험해 본 적이 있나?

있다면 그 에너지를 또 경험해 볼 수 있나?

그렇게 할 수 있다면 생체 에너지를 발견했다고 볼 수 있다.

"……!"

나는 할 수만 있다면 내 뛰어난 두뇌에 뽀뽀를 해주고 싶었다.

역시 사람은 잘나고 봐야 된다는 말이 실감났다.

생체 에너지의 발견에 가장 핵심적인 요소를 잊고 있었다.

'뻣뻣대마왕!'

17

언젠가 발레키가 그런 적이 있었다. 검의 흐름을 느끼면 그것을 놓치지 말라고…… 놓치면 다시 그 흐름을 찾도록 노력하라고 했다.

그와 똑같이 생체 에너지라 생각되는 기운을 느끼면 그것을 최대한 붙잡고 있으라고 했고, 놓치면 죽어라 노력해서 다시 찾으라 했다.

그 느낌을 찾는 것 역시 중요하지만, 가장 중요한 건 다시 그 느낌을 찾을 수 있는 능력이었다.

단순히 물고기 하나를 얻었다는 데 만족하지 말고 낚시하는 방법을 배우라는 뜻이었다.

나는 당장에 뻣뻣대마왕의 사무실로 쳐들어갔다.

훈련은 내일에나 있지만 그런 걸 신경 쓸 틈이 없었다.

언제나 그렇듯 뻣뻣대마왕은 산더미 같은 서류에 묻혀 있었다.

내가 많은 사람을 보지는 못했지만, 이 세상에서 가장 빨리 글을 쓸 수 있는 사람이 뻣뻣대마왕이라는 데 내 전 재산을 걸 수 있다.

"……."

잠시 그가 서류를 작업하는 속도에 넋이 나갔다.

"뭐지?"

뻣뻣대마왕의 사무적인 어조에 제정신이 들었다.

"해결책을 찾았어!"

스르릉!

너무 흥분한 나머지 단순히 검을 뽑으려고 한 게 서류의 산을 반으로 갈라 버렸다.

"……."

나는 무섭게 불타오르는 뺏뺏대마왕의 눈빛을 피하며 말했다.

"생체 에너지를 느끼는 방법을 알아냈어. 그 감각이 익숙해지면, 내가 직접 발견도 할 수 있을 거야."

"……."

뺏뺏대마왕은 공허한 눈으로 갈라진 서류들을 바라보고 있었다.

내 말은 들리지도 않는 모양이었다.

나는 뺏뺏대마왕의 눈 앞에 손을 흔들었다.

그래도 초점이 돌아오지 않는다.

"야, 야! 정신 차려봐."

"……."

뺏뺏대마왕은 그 공허한 눈으로 날 바라봤다.

그 공허함이 다시 금세 채워졌다.

분노와 살의에 가득 채워진 두 눈은 섬뜩한 안광을 번뜩였다.

저절로 뒷걸음질이 쳐졌다.

"해, 해결책을 찾았다니까!"

애써 크게 말했지만 뺏뺏대마왕의 눈은 여전히 섬뜩해 보이기만 했다.

그의 공허한 눈이 그리워졌다.

‘에잇, 모르겠다.’

나는 검무를 추기 시작했다.

검무는 몸에 별 무리가 안 간다는 점에서 굉장히 좋았다.

몸에서 땀은 나도 그 다음날 일어나서 알이 밴 근육에 괴로워하지 않아도 되었다.

뿐만 아니라 그냥 추는 것 자체가 즐겁다.

난 그 즐거움으로 지금의 공포를 떨쳐 내려 했다.

휙휙.

내가 가장 좋아하는 검무는 곡선으로만 이어졌다.

찌르기도 동그랗게 원을 먼저 그린 후에 찌르고, 회수할 때는 반원을 그린다.

검을 쓰지 않는 왼손으로는 온갖 동작들을 취해준다. 팔을 쭉 뻗는다거나 손바닥으로 하늘을 가리는 등 검과 장단을 맞춰 논다.

검무는 실용적인 검술에 속하지는 않는다.

그래서 무조건 동작을 크게 한다.

그것만으로도 흥이 절로 나 신이 난다.

나는 어느새 뻣뻣대마왕의 눈빛을 잊어버리고는 검무에 흠뻑 취해 있었다.

“차앗!”

검무의 마지막은 항상 커다란 베기로 끝마친다.

그냥 작은 찌르기나, 살짝 베는 걸로는 끝을 내는 느낌이 도통 나질 않는다.

나는 이마에 맺힌 땀을 닦으며 뻣뻣대마왕을 바라봤다.

다행히도 분노와 살의는 그 어디에도 볼 수 없었다.

뻣뻣대마왕은 모든 걸 흡수할 듯한 검은 두 눈으로 나를 노려보고 있었다.

“훌륭하군.”

그러고 보니 뻣뻣대마왕이 내 검무를 본 건 처음이었다.

항상 발레키의 수업에 검무를 질릴 때까치 추기 때문에 뻣뻣대마왕과 추가 훈련을 할 때는 기력이 빠져 있었던 것이다.

“그렇지?”

나는 머쓱해졌다.

뻣뻣대마왕의 칭찬은 발레키의 것과는 조금 달랐다.

뻣뻣대마왕만큼 냉정한 놈이 없었기에 이렇게 칭찬을 들으면 괜히 기분이 좋아졌다. 특히 ‘훌륭하군’과 같은 칭찬 같은 칭찬은 흔한 게 아니었다.

“이제 서류를 다시 처리해야겠군.”

뻣뻣대마왕은 그렇게 말하며 자연스럽게 서류를 향해 눈을 돌렸다.

나는 그가 내 놀라운 검무를 보는 동안 동강난 서류를 잠시 잊었다는 걸 알게 되었다.

왠지 그가 서류에 눈을 돌리면 죽을지도 모른다는 생각이 들었다.

나는 황급히 뻣뻣대마왕을 잡았다.

"내가 생체 에너지를 발견할 수 있는 좋은 방법을 찾았다니까?"

"……?"

뻣뻣대마왕이 다시 서류 쪽에서 눈을 돌리자 안도의 한숨을 내쉴 수 있었다.

"그래! 가만히 서 있어봐."

나는 내 칙칙한 검을 뻣뻣대마왕의 몸에 댔다.

그와 동시에 내 검은 하얗게 물들기 시작했고, 손에 충만한 힘이 느껴졌다.

용솟음치는 힘!

이게 바로 생체 에너지…….

잊고 있었다.

이 짜릿한 느낌을!

난 힘이 충만한 가운데 검무를 추기 시작했다.

"……!"

나는 발레키가 한 말을 떠올렸다.

자신이 검을 휘두르는 게 아니라, 검이 원하는 대로 검을 휘둘러야 한다.

이제야 난 그 뜻을 이해할 수 있었다.
검을 어떻게 움직여야 할지 뚜렷이 알 수 있었다.
"……!"
나는 지금의 검무에서 또 다른 무엇을 찾을 수 있었다.
검이 그리는 곡선을 따라 흰색의 은은한 기운이 퍼져 나갔다.
똑같은 검무였지만 이 한 수에 담긴 힘은 부드러웠다.
물이 물결을 이루어 부드럽게 흐르듯, 검의 움직임 역시 부드럽기 짝이 없었다.
애초에 그렇게 흘러가는 느낌이었다.
검무는 즐거웠다.
하지만 생체 에너지를 동반한 검무는 짜릿했다.
쾌락의 극이었다.
휘잉.
검은 살랑살랑 작은 바람을 일으켰다.
이상하게도 그 바람이 따뜻하게 느껴졌다.
그 따뜻함은 검무의 부수적인 재미에 포함되었다.
검을 천천히 휘두르든, 빠르게 휘두르든 부담이 없었고, 움직임에 군더더기가 없어 완벽한 검무를 선보일 수 있었다.

"……."

검무가 끝났다.

더 이상 뻣뻣대마왕에게서 흡수한 생체 에너지가 남아 있지 않았다.

항상 검무의 끝에는 여운이 조금 남았지만, 이번만큼은 그 정도가 심했다.

더 하지 않으면 미칠 정도랄까?

나는 바로 뻣뻣대마왕을 노려봤다.

그리고 놈을 향해 성큼성큼 다가가 검을 뻗었다.

또다시 생체 에너지를 흡수해서 멋진 검무를 선보일 작정이었다.

"엇!"

나는 검을 마구 휘둘렀다.

하지만 뻣뻣대마왕이 긴 자로 내 이마를 받치고 있어 앞으로 나아갈 수가 없었다.

아무리 팔을 쫙 펴도 고무인간이 아닌 이상 늘어날 리가 없었다.

이렇게 되자 정말 미칠 것만 같았다.

그래서 나는 그나마 가까운 뻣뻣대마왕의 팔을 노렸다.

내 이성의 끈이 약간 얇아져서일까?

살짝 대기만 하면 되는데, 혹여나 뻣뻣대마왕이 피할까 봐 검을 빠르게 휘둘렀다.

그것도 검날 부분으로…….

탁탁!

뻣뻣대마왕은 내 검을 쉽게 튕겨 버렸다. 자로 쳤음에도 불구하고 검을 놓칠 뻔했다.

그리고는 이윽고 내 이마를 힘껏 내려쳤다.

그것도 자의 날 부분으로…….

놈 딴에는 복수인 모양이었다. 당하지도 않았는데 복수라니…….

"큭."

어느새 이마에서 피가 흐르기 시작했다.

게다 골까지 흔들리는지 제대로 서 있기가 힘들었다.

나는 뻣뻣대마왕의 책상에 짚고 나서야 간신히 제대로 서 있을 수가 있었다.

"뭐야! 생체 에너지 조금 나눠 주면 되지, 왜 발악을 하는 거야!"

왠지 모르게 목소리가 까칠했다.

갈증에 메말라 죽겠는데, 물을 몇 독은 가지고 있는 상인이 한 모금도 주지 않아 짜증이 나다 못해 살인 충동이 느껴지는 그런 기분이었다.

뺏뺏대마왕은 그런 나를 분석하듯 샅샅이 훑었다.

힘!

나는 힘을 원할 뿐이다.

아까 느꼈던 짜릿함을 꼭 느껴야 했다.

"하앗!"

나는 뺏뺏대마왕이 미처 예상도 못하고 있는 틈을 타 검을 휘둘렀다.

탁!

뺏뺏대마왕은 또다시 간단하게 쳐냈다.

저 자가 수백만 년 묵은 특수한 나무를 재질로 하고 있지 않는 한 검을 이렇게 쉽게 막아낼 수 없을 텐데…….

나는 포기하지 않았다.

그 힘을 다시 느낄 수만 있다면 무엇이라도 할 수 있었다.

탁!

휘두르고,

탁!

또 휘두르고,

탁!

카강!

계속 휘둘렀지만 뺏뺏대마왕은 아까보다 힘을 더 줬는지, 결국 나는 손목이 꺾이면서 검을 놓칠 수밖에 없었다.

나는 털썩 주저앉았다.

상대는 내게 힘을 조금도 나눠 줄 생각이 없었다. 그렇게 많으면서 내게는 조금도 양보하지 않는다.

하늘이 무너진 듯한 느낌이었다.

어째서 신은 나를 포기한 것일까.

내가 뭘 잘못했다고.

"……."

그렇다.

내게 잘못은 없었다.

나의 요구는 절대 큰 희생을 요구하는 게 아니었다.

그냥 쉽게 줄 수 있는 부분이었다.

희생이라고 할 것도 없이 아주 잠깐만 몸을 내주면 되는 그런 쉬운 것이었다.

하지만 눈앞의 사내는 그걸 거부했다.

"……!"

열 받는다.

무슨 사람이 이렇게 속이 좁은가!

이 세상에 저런 야박한 사람이 존재해서는 안 된다.

2주를 굶어 피골이 접해진 거지에게 음식의 한 숟가락도 주지 않을, 죽어 마땅한 놈이었다.

나는 땅에 떨어진 검을 집어 들었다.

그리고 그를 분노에 가득 찬 눈으로 노려봤다.

"죽어라!"

온 힘을 다해 달려갔다.

내 손으로 정의를 실현할 것이다.

딱!

"윽."

머리에 불이 난 듯 화끈거린다.

정신이 점점 혼미해져만 간다.

저, 정의를 실현해야 하는데…….

18

머리가 깨질 듯이 아프다. 전날 독한 술을 병째로 마신 그런 기분이었다.

"으음."

눈을 뜨기도 싫었다.

하지만 몸이 너무도 무거워 한 번쯤은 일어나야 했다.

"……?"

난 의료원에 누워 있었다.

주위의 나이스한 바디의 간호사 누님들이 돌아다니는 걸 보면 알 수 있었다.

난 억지로 몸을 일으켰다.

이렇게 가만히 누워 있을 수만은 없었다.

"괜찮나?"

뻣뻣대마왕이 창가에 기댄 모습이 보였다.

"끙."

난 다시 침대에 누웠다.

침대에서 일어나는 게 이렇게 고통스러운 건지 몰랐다.

"내가 왜 여기에 있는 거냐?"

이상하게도 쓰러지기 이전의 기억이 잘 나지 않았다. 끊임없는 두통이 아니라면 내가 직접 기억을 더듬겠지만, 그게 여의치 않았다.

뻣뻣대마왕은 그런 나를 가만히 내려다봤다. 의심이 한가득 담긴 눈초리였다.

"정말 기억이 안 나나?"

그의 말에 다시 한 번 기억을 더듬어봤지만…….

"끙, 정말 안 나!"

머리를 조금만 쓰려고 해도 필사적으로 몸부림치는 뇌를 그냥 내버려 둘 수밖에 없었다.

"……."

뻣뻣대마왕은 턱을 매만지며 무슨 생각을 골똘히 하는 듯했다.

나는 그때 흩어진 기억의 조각 중 하나를 찾을 수 있었다.

"맞다! 내가 네 사무실에 찾아갔잖아!"

"그리고?"

나는 필사적으로 내가 찾은 조각과 이어질 법한 모양의 조각을 찾아 헤맸다. 온갖 일들이 단편적인 장면으로 뇌리를 스쳐 지나가지만 그것들을 어디에 끼워 맞춰야 하는지 감이 잡히지 않았다.

"아! 맞아, 내가 네 앞에서 검무를 췄잖아!"

어떤 이유에선지는 몰라도 놈의 시선을 사려고 검무를 췄다.

그리고 내 검무를 본 그가 훌륭하다는 칭찬에 내가 머쓱해했고,

탁!

난 그제야 어느 정도 기억을 회복했다.

"그래! 내가 생체 에너지를 발견할 수 있는 해결책을 들고 갔잖아. 그래서 검무가 끝난 다음에 네 몸에 검을 대니까……."

뻣뻣대마왕의 심상찮은 표정을 뒤로하고 나는 기억을 떠올리려고 했다.

"…무슨 일이 생겼지?"

"……."

뻣뻣대마왕은 몸을 한 번 휘청거렸다.

하지만 나는 정말 그 이후에 아무런 것도 떠오르지 않았다.

단지 뻣뻣대마왕의 생체 에너지를 흡수한 채 검무를 추려고 했던 것만 기억났다. 하지만 그 이후에 내가 정말 검무를 췄는지는 모르겠다.

"정말 아무것도 기억이 안 나나?"

"안 난다니까? 기억이 안 나는 걸 안 난다고 하지, 그럼 내가 그 사실을 숨겨야 되는 이유라도 있냐? 꼭 내가 뭘 잘못한 것처럼 쳐다본다?"

정말 웃겼다.

뻣뻣대마왕은 그야말로 무시무시한 눈빛으로 날 노려보고 있어 저절로 몸이 위축되었다.

그의 눈빛을 마주 보고 있으면 아무 잘못한 것이 없는 나도 살인죄같이 큰 죄를 저지른 느낌이 들었다.

뻣뻣대마왕은 고개를 살짝 저었다.

"정말 기억이 안 난다면 할 말이 없다."

"……."

어째 분위기가 독특하게 흘러갔다.

말로 형용하기는 힘들었지만 내게 있어 굉장히 불편한 건 사실이었다.

그 불쾌함을 떨치고, 난 내 머리를 괴롭히는 의문을 꺼내놓았다.

"근데 생체 에너지를 흡수한 채 검무를 추면 왜 꼭 내가 생체 에너지를 사용하면서 검무를 추는 듯한 느낌이 들까?"

자신의 생체 에너지를 운용하는 것과 남의 생체 에너지를 흡수하여 운용하는 것이랑 다른 게 있는지 궁금했다. 만약 똑같으면 내 이론은 옳다는 뜻이다.

뻣뻣대마왕의 표정이 갑자기 굳어졌다.

항상 표정이 약간 굳어 있어 인생에 불만이 있는 사람 같았지만, 지금은 유난히 더했다.

"지금서부터 내가 하는 말을 잘 들어라."

갑자기 분위기가 무거워졌다.

뻣뻣대마왕은 활활 타오르는 듯한 불을 눈에 담고는 내게 열변을 토하기 시작했다.

"남의 생체 에너지를 흡수하는 계열의 검술은 모두 마검술로 분류되었다. 절대로 생체 에너지를 흡수하려 하지도 말고, 했다는 말도 꺼내지 마라. 만약 제국에서 인정받은 검사가 그 상황을 목격했다면, 넌 블랙리스트에 올라가 결국에는 은밀하게 사형에 처해졌을 것이다."

"……"

나는 이제까지 생체 에너지를 흡수한 경우가 여러 번 있었다.

뻣뻣대마왕에게서 직접 흡수했으니 그가 가장 잘 알 것이다.

그런데 그가 이런 심각한 화두를 꺼낸 건 지금이 처음이었다.

"그걸 왜 지금에서야 말해!"

뻣뻣대마왕은 내 질문에 대답을 해야 할지 말아야 할지 고심하는 표정이었다. 지금까지 뻣뻣대마왕이 이렇게까지 곤혹스러워하는 걸 본 적이 없었다.

"아니, 아무 말도 하지 마. 그렇게 무시무시한 건 몰라도 돼."

뻣뻣대마왕의 표정을 보면 정말 그가 할 말을 듣고 싶지 않았다. 안 그래도 복잡한 내 인생이 한 번쯤은 더 꼬일 듯했다.

"넌 그 힘을 통제할 줄을 모른다. 통제라고 하기보다는 애초에 사용할 줄을 모른다. 게다 앞으로 그 방법을 알게 될 것 같지도 않아 말하지 않았다. 하지만 네가 생체 에너지를 흡수하는 게 얼마나 심각한 문제인지 모르니 말해두는 게 너를 위해서 좋겠지. 명심해라. 마검사로 분류된 검사들은 오래 지나지 않아 스리슬쩍 처리된다. 제국에서 공적으로 공표만 안 할 뿐, 흑검사들을 파견한다는 건 어지간한 검사 지망생이면 너</p>

무도 잘 알고 있는 사실이지."

혹검사.

혹검사는 대륙의 북쪽에서 양성되는 검사의 일종이었다. 그들의 파괴적인 검술과 호전성은 예전에 그 고강하던 황실을 위협할 정도였다. 사람들은 황실이 그들을 부릴 수 있는 약점을 찾지 못했다면 대륙이 북쪽의 민족에게 지배를 받고 있을 거라고 말한다.

많은 사람들이 혹검사를 악마의 숭배자라고 부르지만, 대놓고 부르지는 못했다.

그들은 한때 대륙의 절반에 속하는 넓은 영토를 다스리던 민족이다. 만약 그들의 신경에 조금이라도 거슬리는 짓을 한다면, 다음날 아침의 해를 못 본다는 소문이 있을 정도로 그들에 대한 공포는 대단했다.

꿀꺽.

난 생체 에너지의 흡수가 그렇게 큰 문제가 있는 것인 줄은 꿈에도 몰랐다.

"근데 나는 내가 마검술을 아는 게 아니잖아? 내가 배운 거라고는 요하네스에서 배운 게 다인데? 그럼……."

문득 굉장히 무시무시하고도 위험한 음모가 뇌리를 스쳐 지나갔다.

사실 요하네스는 대륙을 지배하려는 대의를 품고 재능있

는 학생들을 데려와 마검사로 양성해서 나중에는 대륙을 넘보려…….

"네가 생체 에너지를 흡수할 수 있는 유일한 이유는 그 검 때문이다."

나는 벽에 놓인 검을 봤다.

"어떤 이유에서인지는 모르겠지만, 저 검은 너밖에 사용할 수 없다. 다른 사람들이 그 검을 만지면 닿는 즉시 엄청난 양의 생체 에너지를 빼앗긴다. 내가 너라면 저 검을 가지고 다니는 데 있어 굉장히 조심할 것이다."

나는 벽에 놓인 검을 다른 눈으로 바라봤다.

남이 만지면 생체 에너지를 흡수한다고?

생각을 해보니 지난번에 내 검을 집어준 뻣뻣대마왕은 거의 죽으려고 했다.

그의 얼굴이 핼쑥해지다니…….

천하의 뻣뻣대마왕이!

"명심해라. 너는 자신 이외의 사람들을 모두 경계해야 한다. 사람의 질투와 이기심을 절대로 얕보지 마라. 네가 빈틈이 보이기만 하면 뒤에서라도 단검을 찔러올 테니. 그리고 무엇보다……."

꿀꺽.

저절로 긴장이 된다.

"네 검을 조심해라. 그것이 네게 권유하는 힘을 절대로 받지 마라. 그 유혹이 강렬하겠지만, 모든 힘에는 그에 상응하는 대가를 요구할 것이다. 그리고 그 대가는 절대로 작지 않겠지."

"그래 봐야 검에 불과하잖아? 이 세상에서 가장 위험한 동물이 인간이라는 건 알지만, 왜 금속에 불과한 검까지 경계해야 되지?"

인간은 절대로 그 속마음을 알 수 없다. 단순히 몇 마디, 며칠을 같이 보낸 걸로는 그 사람의 일부분도 알 수 없다. 자신이 그 기간 동안 알게 되는 건 모두 그가 보여주는 것에 불과하다.

그래서 인간은 참으로 위험한 동물이다. 어디로 튈지 예상할 수 없으니까.

그건 정말 정치계에 입문한 아버지에게 귀가 따가울 정도로 자주 들었다.

하지만 자신의 검을 조심해라?

이건 또 처음이다.

"게다 검에 특별한 힘이 있으면 좋은 거 아니야? 남들이 다 질투하고, 나를 죽이려고 해도 거듭 조심하면 좋게 사용할 수 있잖아?"

내 검은 생체 에너지를 흡수한다.

남들의 몸에 닿기만 하면 흡수한다.

그 원리는 추측도 할 수 없었고, 어째서 지금은 뻣뻣대마왕에게만 먹히는 건지 모른다.

하지만 실험을 조금하면 그 힘을 내가 조절할 수 있을지도 모른다.

"절대 안 된다!"

"……!"

뻣뻣대마왕의 언성이 높아졌다.

지금까지 그와 함께한 1년 몇 개월 동안 그가 언성을 높인 적은 이번을 포함해 딱 두 번이었다.

"검은 도구에 불과하다고 생각하나? 어차피 인간의 창조물에 불과하고, 자신이 원하는 대로 쉽게 다룰 수 있다고 생각하나? 그거야 인간이 만든 검은 그렇겠지. 하지만 명심해라. 모든 검이 그 범주에 속하는 건 아니다."

뻣뻣대마왕은 그 말을 남기며 병실을 광풍처럼 떠났다.

그가 이렇게까지 화가 난 모습을 본 적이 없었다.

"……."

나는 그가 남긴 말을 곱씹었다.

"모든 검이 그 범주에 속하는 건 아니다."

그것이 무슨 뜻일까?

방금 일어났을 때보다 훨씬 큰 두통이 생겼다.

나는 가만히 내 검을 바라봤다.

"넌 누구냐."

제8화
권력 上

할아버지는 세상의 모든 싸움은 세 가지로 분류될 수 있다고 했다.

돈, 명예, 권력.

이 외에도 사랑이 포함되기는 하지만, 사랑이라는 것 자체가 위의 세 가지와는 성질이 다르다고 한다.

할아버지의 말씀을 따르면 돈, 명예, 권력은 사람의 이기심에서 비롯되지만 사랑은 그런 이기심을 초월한 부분이라고 했다.

그래서 실제로 많은 사람들이 사랑은 잊는다고 했다.

물론 나야 그런 부분에 별 신경을 쓰지 않는다.

돈, 명예, 권력.

이런 게 중요하다. 돈이 많으면 여자가 따르고, 명예와 권력이 있으면 또 여자가 따른다.

어차피 여자는 부수적으로 따라온다는 게 내 생각이었지만, 내 생각에 할아버지는 항상 묘한 미소를 지어 보이셨다. 그리고 내게 항상 똑같은 말을 하셨다.

"이 세상에서 가장 얻기 힘든 게 사랑이란다. 자신이 진정으로 사랑할 수 있는 사람이 생기면 돈, 명예, 권력은 눈에 들어오지도 않지."

그럼 나는 항상 물었다.

사랑만 중요하냐고. 돈, 명예, 그리고 권력은 별로 안 중요하냐고.

대답은 이랬다.

"이 세상에서 가장 불쌍한 사람들이 어떤 부류인지 아니? 그건 바로 짧은 인생을 겨우 그런 것들에 허비하는 사람들이란다."

어렸을 때는 그 의미를 몰랐다.

할아버지는 그런 나를 가르치려 들으셨지만 나는 듣지 않았다. 당시 내 가치관과 할아버지의 것에는 엄청난 차이가 있었고, 정말 재미가 없어 보였다.

나와 할아버지는 이 세상에 가치가 있는 것들에 대한 논쟁을 자주 했는데, 항상 끝에는 할아버지가 열심히 우겨대는 내게 대답은 하지 않고 인자한 미소만 보여주는 식으로 끝났다.

예전에는 그 미소의 뜻을 할아버지가 내 가치관에 문제가 없다는 사실을 인정하기 싫으셔서 일종의 노코멘트를 남기시는 거라 생각했다.

하지만 지금 생각해 보면 그 미소가 아직은 너무도 어린 손자를 조금은 비웃는 것 같기도 했다.

그러니까 기분 나쁘게 비웃는 게 아니라 그냥 생각이 어린 사람을 보면 웃음밖에 안 나오는 그런 비웃음 말이다.

나는 아직도 할아버지의 말을 온전히 이해하지 못했다.

하지만 아주 조금…….

조금 이해하게 되는 계기가 있었다.

돈과 명예는 중요하다.

하지만 권력은 어린아이들이 사탕을 가지고 싸우는 것의 연장선이라고밖에 생각되지 않았다.

"쯧쯧."

2

나는 마련된 의자에 잠시 망설이다 앉았다.

주위를 둘러보며 확실히 단계가 높아질수록 좋은 방을 준다는 생각을 했다.

가구들이 훨씬 좋은 원목으로 만들어졌고, 방도 1단계의 것보다 5배는 넓었다.

나는 현재 주몬의 남자 대표인 마빡대표의 방에 들어와 있었다.

학생 간부 모임이 있다고 환상얼굴이 직접 내게 와서 마빡대표의 방에 가자고 했을 때는 적잖게 놀랐다.

지난 1년이 넘도록 환상얼굴과는 거의 이야기를 하지 않았다. 작년의 선거 사건 이후로 그녀가 나를 조금 어색해한 데다, 그 이후에는 5단계의 학생들과 외부에서 수업을 받는 시간이 많아 기숙사에서 거의 못 봤다.

그렇게 한동안 아무 말도 하지 않고 지내다 갑자기 나타나 간부 회의에 참석하라고 하니 은근히 긴장이 되었다.

주몬 간부라고 하면 보통은 주몬에 속한 4단계 학생 중에서도 크로우의 일원을 말했다. 이들의 주몬을 대표하고, 그들의 권리를 크로우의 안건으로 올려 교장에게 고한다.

난 지금까지 간부 회의에 포함된 적이 없었다.

내가 크로우의 일원인 건 맞지만, 4단계의 학생은 아니었다.

가끔 안건에 따라 간부 회의에 다른 단계의 크로우 일원도 포함될 때가 있기는 했다.

그렇지만 그 누구도 내게 와달라고 하지 않았고, 선거 사건 이후로 자중할 필요가 있어 별 신경도 쓰지 않았다.

그러니 이렇게 갑자기 참석하라고 하는 이유에 대해서 생각해 보게 되었다.

선거 사건 직후보다 지금은 위상이 많이 나아졌다.

그때처럼 나를 우러러 보는 놈들은 없었지만, 적어도 날 내려다보는 사람은 없었다.

그 누구도 날 깔보지 못했다.

1단계를 끝마치는 단계에 있는 나는 더 이상 1년 전처럼 호락호락하지 않았다.

아직 내 검술을 시험해 본 적은 없지만, 2단계의 상급생들은 두렵지 않았다.

개중에 생체 에너지를 터득한 이들이 있으면…… 당장에 도망을 쳐야겠지만, 정말 2단계의 학생들은 우스웠다.

3단계의 학생들은 조금 느낌이 달랐다.

2단계의 학생들보다 그 수가 월등히 적은 이유는 바로 그들은 생체 에너지를 익혔기 때문이다. 이들과는 조금 조심해야 한다.

4단계는 3단계와 또 다른 벽이 있다.

이들은 그 존재 자체만으로도 굉장한 위압감을 발휘한다.

산전수전 다 겪은 용병의 오오라가 느껴진다고나 할까?

4단계의 학생들에게는 정말 잘 보여야 한다.

다행이지만 4단계의 학생들은 정말 바빠서 내게 신경을 쓸 겨를이 별로 없다.

단계의 초에는 신입생들을 교육하는 기간이기 때문에 자주 부딪쳤지만, 4단계의 학생들은 5단계의 학생들만큼이나 바빴다.

단지 5단계의 학생들과는 달리 학교의 안에서 바빴다.

게다 단계가 끝나가는 기간이라서 그런지 5단계로 넘어가는 관문을 통과하기 위해 혼신의 노력을 쏟아 붓고 있다는 말을 들었다.

어쨌든 3단계 학생들이라면 조금 까다롭기는 했지만 내가 코베의 검을 동강 낸 이후는 그들 역시 날 꺼려하기 때문에 더 이상 나를 무시하는 사람은 없었다.

그래서 나는 혹여나 내 위상이 올라가 지난 일은 다 잊고 내게 도움을 요청하기 위해 간부 회의에 부른 게 아닌가 싶기도 했다. 이 간부 회의에는 다른 단계 학생은 포함되지 않았다.

오로지 주문의 4단계 크로우만 모인 정식 간부 회의였던 것이다.

환상얼굴은 내 옆에 앉았다.

치렁치렁한 금발에 빠져들고 싶은 하늘색 눈동자. 내가 본 여자 중에서 이마선이 가장 예쁘고, 눈매가 가장 우아해 독특한 아름다움을 자랑했다.

묘한 기품이 있다고나 할까?

무엇보다도 놀라운 건 그녀의 얼굴 크기였다.

내 작은 두 주먹을 겹쳐 놓으면 그녀의 얼굴보다 살짝 클 정도였다.

괜히 내가 민망할 정도로 그녀의 얼굴은 작았다.

절대로 내 얼굴이 큰 건 아니었다. 내 얼굴은 남자치고는 작았고, 어지간한 여자의 얼굴 크기만 했다. 하지만 그녀의 옆에 앉으니 자연스레 머리가 크게 느껴졌다.

환상얼굴 외에도 마빡대표가 원탁의 중앙에 앉았다.

마빡대표가 정말로 원탁의 위에 올라와 원의 중심에 앉지 않는 한, 실제로 중앙이라는 부분은 없었다. 그렇지만 모두가 마빡대표를 쳐다보고 있었기에 왠지 그곳이 중앙석으로 느껴졌다.

마빡대표는 이마가 살짝 넓다는 것만 빼면 꽤나 귀티나게 생긴 놈이었다. 짧게 친 녹색 머리는 단정했고, 턱 선도 예리했다. 항상 미소를 띠고 있어서 같이 있으면 편안한 느낌을 주기도 했다.

원탁의 나머지 자리들은 문지기 땅딸보, 껍다리, 음침황제, 양갈래가 앉아 있었다. 땅딸보는 여전히 뚱뚱한 난쟁이를 연상케 했고, 껍다리는 표정이 마음에 안 들었다. 음침황제는 산발인 긴 머리 때문에 얼굴이 잘 보이지 않았지만 여전히 음침한 포스를 자랑했다. 양갈래는 양갈래 머리에 가만히 앉아 있기만 하는 데도 욕 나오게 만드는 귀여운 표정을 짓고 있었다.

"그럼 지금서부터 회의를 시작하도록 하겠어."

간부 회의는 이렇게 7명이 참석했다.

마빡대표는 특유의 가식적인 미소를 지은 채 내게 말했다.

"크리스, 이렇게 참석해 줘서 고맙다. 짧은 공지였는데 시간을 내줬구나."

나는 '미친놈, 방금 말해줬으면서 짧은 공지? 그게 공지라도 되냐' 라고 쓰인 표정으로 놈을 가만히 마주 봤다.

그러자 마빡대표의 표정이 미묘하게 변했다.

놈이 바보가 아닌 한 내가 놈에게 불만이 있다는 걸 모를 리가 없었다.

그래서 나는 황급히 억지미소를 지어줬다.

괜히 4단계의 학생한테, 그것도 남자 대표이자 크로우 캡틴에게 까불어서 좋은 게 있을 리가 없었다.

마빡대표는 내가 한 번 물러선 게 마음에 들었는지 다시 미소를 지으며 말했다.

"오늘의 안건에 네가 도움이 될 수 있어서 이렇게 부른 거다."

마빡대표는 굉장히 조심스러운 눈빛으로 주위를 둘러봤다. 갑자기 일어나 바깥에 누가 엿듣고 있는 건 아닌지 확인까지 했다.

그리고는 간부들만 들을 수 있는 작은 목소리로 속삭이듯 말했다.

잠자코 듣고 있던 나는 벌떡 일어날 수밖에 없었다.

"절대 안 해! 미쳤냐?"

하지만 간부들의 무시무시한 눈빛을 받은 나는 다시 자리에 앉을 수밖에 없었다.

환상얼굴은 그렇지 않았지만 나머지 간부들은 그야말로 나를 '찢어 죽이겠다'라고 눈에 쓰여 있었다.

인간의 생존 본능이 얼마나 위대한지, 두 번의 생각도 없이 바로 자리에 앉은 나였다.

"……."

3

평민 여자와 귀족 여자가 입는 옷의 종류는 거의 극과 극이었다.

귀족 여자들은 상의와 하의 속옷이 따로 있고, 배와 허리둘레의 모양을 내기 위해 몸을 졸라 매는 코르셋이 따로 있었다. 또 드레스나 원피스 이외에 속치마 혹은 속바지를 입기도 했다. 드레스의 종류, 원피스의 종류에 들어가면 책을 써야 할지도 모른다.

평민 여자들은 달라도 한참 달랐다.

흔히 구할 수 있는 면으로 간단하게 옷을 짜서 만들어 입는다. 상의는 간편한 셔츠를 입었다. 요하네스는 모든 여성이 검사이기 때문에 이외의 거추장스러운 옷은 입지 않는다.

가끔은 멋을 낸다고 견 블라우스를 입는 여자들을 보기는 했지만 그 수가 많지는 않았다.

"……."

나는 멍하니 거울에 비춰진 모습을 바라봤다.

미치지 않고서야 이럴 수는 없다.

입학하고서는 머리를 단 한 번도 깎은 적이 없기에 병아리

색에 가까운 금발이 허리에 닿았다. 거추장스러우면 뒤로 묶었기에 깎을 필요성을 그다지 느끼지 못했다.

하지만 그게 바로 말도 안 되는 일의 발단이 될 줄 알았다면 진즉에 빡빡 밀었을 것이다.

나는 한숨을 쉬며 얼굴을 봤다.

입술에는 주쿠로라는 풀로 색을 내어 만든 분홍빛 물감이 칠해져 있었고, 얼굴에는 전체적으로 하얀 분을 엷게 펴 발라져 있었다. 게다 유난히 볼이 붉은 건 분홍 분 때문이었다.

통이 큰 분홍 셔츠를 입었지만 내 몸매가 워낙에 이상적이어서 오히려 도발적이었다. 여름임에도 불구하고 반팔이 아닌 긴팔을 입은 건, 천이 상당히 얇아서였다.

난 내 몸매가 도발적인 이유를 하나 더 찾을 수 있었다.

볼록하게 솟은 가슴…….

"휴우."

한숨밖에 안 나왔다.

아침에 나온 롤빵으로 가슴을 만들어 그 위에 속옷을 입어 받쳤다.

찝찝한 느낌에 당장 벗어 던지고 싶었지만 죽고 싶지 않으면 이렇게 다닐 수밖에 없었다.

치마는…….

흰색이었다.

놈들이 평민 세계에서 유행하는 미니스커트를 입히려고 하는 걸 내가 극구 반대했다.

차라리 날 죽이라고 했다.

그리고 그들은 내 주장을 받아들였다.

사실 그들이 미니스커트를 포기한 건 남자가 입기에는 '위험한 사고'가 일어날 가능성이 높아서였지만, 어쨌든 나는 미니스커트를 피해 무릎 아래까지 오는 긴 흰 치마를 입을 수 있었다.

접힌 부분이 많아 걸을 때마다 펄럭이는 게 은근히 재밌었다.

"……."

물론 그렇다고 또 입을 생각이 있는 건 아니었다.

화장을 곱게 한 얼굴에 허리까지 내려오는 아름다운 금발.

분홍빛 셔츠에 흰 치마.

평소에 곱상하다는 말은 자주 들었다.

하지만 이렇게 여장을 하고 보니 그 어떤 여자보다 괜찮아 보였다.

물론 가슴이 가짜이고, 성별이 남자라는 사실이라는 건 안 괜찮겠지만 외양만은 만족스러웠다.

“…….”

나는 어느새 흐뭇한 미소를 짓고 있었다.

황급히 고개를 세차게 저었다.

성 정체성의 혼란은 정말 위험했다.

“크리스, 멀었어?”

화장을 해준 환상얼굴이 밖에서 물었다. 지금 입고 있는 옷
도 환상얼굴 것이었다. 그녀의 옷을 입는 느낌은 참 묘했다.
그것도 좋은(?) 쪽으로…….

“쿡, 빨리 나와봐!”

웃음을 참지 못하는 마빡대표의 목소리도 들렸다.

‘젠장.’

자기가 여장을 당하는 입장이 아니니까 잘도 웃음이 나오
겠지.

나는 화장실을 나가기 전에 다시 한 번 거울을 봤다.

화장을 해서인지 얼굴이 확 달라지기는 했지만, 여전히 내
얼굴이었다.

조금만 신경을 써서 보면 나라는 걸 누구나 쉽게 알 수 있
었다.

도대체 이 간부라는 놈들이 머리는 있는 건지 모르겠다. 아
무리 상대가 멍청하다고 해도 남자를 여자로 보는 미친 놈이
있을까?

나는 심호흡을 한 번 하고는 화장실의 문을 열었다.

간부들이 내 모습을 보고 얼마나 웃을지 모르겠다.

정말 귀족으로 태어나서 여장을 하게 되다니! 이건 불명예 스러웠다. 필사적으로 반항을 할 걸 그랬다. 정말 너무 쉽게 받아들였다.

'하지만…….'

간부들이 일제히 노려보는 걸 가만히 앉아 받아낼 간담은 내게 없었다.

등골이 서늘해지는 그런 자리에 꿋꿋이 앉아 있는 것만큼 큰 고문은 없을 것이다.

화장실에서 나오자 간부들의 시선이 단번에 집중되었다.

"오…….

"푸하…….."

장난기에 가득한 간부들이 일제히 웃음을 터뜨리려고 하 는 얼굴에서 얼었다.

입에 주먹이 크게 들어갈 정도로 크게 웃어 재끼려는데 그 대로 굳었다는 말이다.

"무슨 말이라도 해봐!"

이 정적은 고문이었다.

빨리 웃고 넘어가야 마음이 편해질 것 같았다.

하지만 그들은 그렇게 한참을 충격에 빠져 있었다.

환상얼굴은 아찔한 미소를 지으며 말했다.

"잘 어울리는데?"

그녀의 말을 시작으로 다른 간부들의 해동이 진행되기 시작했다.

"넌 왜 남자로 태어났니. 쯧쯧."

진심으로 혀를 차는 마빡대표였다.

"……."

나는 그들의 반응에 할 말을 잃었다. 그들의 반응을 분석하는 데에는 그렇게 오랜 시간이 걸리지 않았다.

"내가 남자로서 얼마나 잘난 얼굴을 타고났는데! 어떻게 내가 여자인 게 훨씬 낫냐!"

나도 모르게 억울했다.

하지만 그런 나의 마음을 아는지 모르는지, 간부들은 일제히 고개를 끄덕였다.

"……."

나는 의자에 털썩 주저앉았다.

지난 21년간 남자로 아주 잘 살아왔다. 우아한 귀족들의 시선을 한눈에 받으며 많은 인기를 누렸다. 하지만 그 모든 것들이 지금만큼은 부질없어 보였다.

그때였다.

왼쪽에 앉은 음침황제가 갑자기 내 가슴에 손을 얹었다.

"……."

그의 갈색 산발 머리 사이로 음침한 눈빛을 볼 수 있었다.

모든 간부들의 시선이 내 가슴 쪽으로 쏠렸다.

"흐음, 좋군."

음침황제는 지금까지 단 한 번도 말을 한 적이 없었다. 적어도 내 앞에서는 그랬다.

나는 그의 입이 영원히 굳게 닫혀 있었으면 좋았을 뻔했다는 생각이 들었다.

퍽!

나는 뒤를 생각할 것도 없이 놈을 주먹으로 갈겨 버렸다.

우당탕!

분노에 가득 찬 내 주먹을 맞은 음침황제는 의자에 앉은 채로 넘어져 기절했다.

"……."

4단계 상급생들은 그 모습에 입을 떡하니 벌렸다.

"상급생을 때렸어?"

마빡대표는 믿을 수 없다는 듯이 말했다.

하급생이 상급생을 건드리는 건 존재해서는 안 되었다. 그건 질서의 문제였기 때문이다. 그 일로 다른 상급생들이 그 하급생을 반불구로 만들어도 교수들은 책임을 묻지 않을 정도였다.

그런 큰일을 내가 저지른 것이다.

나는 당당했다.

"상급생이 하급생을 성희롱해도 되는 거냐? 게다 난 귀족이야. 이런 건 단번에 놈의 목을 쳐도 손가락질하는 사람이 없어. 오히려 세상의 쓰레기를 처리했다고 나한테 감사할걸?"

마빡대표는 어이가 없다는 듯이 따졌다.

"넌 여자가 아니잖아!"

나는 미소를 지었다.

"그럼 넌 남자 가슴은 만져도 된다는 거냐? 요즘 동성애자의 수가 얼마나 증가했는지 알아? 넌 환상얼굴…… 아니, 마리가 네 가슴을 만지는 게 좋냐, 저 음침황제…… 이름이 뭐더라? 어쨌든, 저 자식이 네 가슴을 만지는 게 좋냐?"

마빡대표는 내 질문에 환상얼굴을 보면서 얼굴을 붉혔고, 음침황제를 보면서 역겨운 표정을 지어 보였다.

남자는 결국 다 똑같다.

"성희롱은 나쁜 거야. 이거 뻣뻣대마왕의 귀에 들어가면 저 자식, 퇴학당할걸?"

예전에 색마가 뻣뻣대마왕에게 걸려 연신 두들겨 맞다가 그 다음날 바로 쫓겨난 사건이 있었다. 뻣뻣대마왕만큼 성 범죄자들을 싫어하는 놈은 없었다.

마빡대표는 어쩔 수 없다는 듯이 고개를 절레절레 흔들었
다.

"이번 한 번은 눈감아줄 테니까 임무나 잘해."

나는 상급생을 때리고도 아무런 제재를 받지 않았다는 사
실에 미소를 지으며 고개를 끄덕였다.

4단계의 놈을 기절시키다니!

그때부터 마빡대표는 내 임무를 설명하기 시작했다. 그 임
무의 배경과 목적, 그리고 꼭 달성해야 하는 이유를 들으면서
나는 한 가지 사실을 알 수 있었다.

'얼떨결에 받아들였어!'

여장이 마음에 안 든다고, 내가 어떻게 이렇게 하고 다니냐
고, 이건 귀족이 아니라는 식으로 마지막에 따져서 절대로 안
할 생각이었다.

하지만 나는 이미 고개를 끄덕여 버렸다.

"쉽지? 우리의 운명이 네 손에 달렸어."

'운명은 무슨 개뿔!'

어느새 마빡대표는 내 손을 붙잡고 있었다. 잘 부탁한다는
얼굴로 말이다.

"……."

하지만 그 표정이 갑자기 변했다.

처음에는 빨갛게 물들더니, 약간은 부끄러운 표정이 되

었다.

“너, 썅, 그 표정 뭐야! 내가 끌리냐?”

마빡대표는 대답하지 않았다.

“…….”

이리하여 요하네스 전대미문의 스파이 사건이 시작되었
다.

4

놀라웠다.

나는 평민들이 얼마나 멍청한지 알 수 있었다.

‘아무도 몰라.’

처음에는 고개를 땅에 처박고 다녔다.

혹여나 날 알아보는 평민이 있을까 봐 다른 사람들의 시선
을 애써 피했다.

특히 계속 쳐다보는 평민들의 시선에 계속 가슴이 뜨끔했
다.

이 멍청한 계획이 먹힐 리가 없다는 생각을 하던 찰나에 나
는 평민들의 눈빛을 읽을 수 있었다.

‘예쁘다.’

‘쫙 빠졌는데?’

‘호오.’

이 외에도 꽤나 다양한 뜻을 담고 있기는 했지만 모두가 똑같은 계열의 반응들이었다.

내게 완전히 빠졌다.

침을 줄줄 흘리는 녀석들이 태반이었고, 나를 뚫어져라 보면서 걸으니 당연 서로 부딪치는 놈들이 많았다.

하지만 그 누구도 날 알아보지 못했다.

그래서 나는 조금 더 대담하게 얼굴을 들고 다녔다.

누가 내 얼굴을 알아보면 민망하기는 하겠지만, 이 모든 걸 상급생들의 탓으로 돌려 버리고 다시는 이런 짓을 못하겠다고 관둘 수도 있겠다는 생각이 들었다.

“…….”

하지만 한참을 돌아다닌 결과, 나는 평민들이 의심조차 안 하고 있다는 걸 알게 되었다.

가끔 누군가가 다가오면 긴장이 된다.

과연 저놈은 알고 있을까!

내 잘생긴 얼굴에 화장을 조금하고 머리에 핀까지 했다고 여자 얼굴이 되는 게 아니라고 증명을 해줄 수 있는 놈일까!

그럼 당장 때려칠 수 있을 텐데!

하지만 내게 다가오는 놈들은 하나같이 얼굴이 빨갛게 달아올라 있었다.

그리고는 하는 말이…….

"이름이 어떻게 되세요?"
"시간 좀 내주세요. 날씨도 좋은데 산책해요."

이런 식이었다.
이건 조금 순수한 접근 방법으로 웃고 넘어갈 수 있었다.
하지만 조금 심각하다고 여겨질 정도로 순진한 건 웃고 넘어가기 난감하다.

"한눈에 반했어요. 사귀어주세요."

정말 순진한 건지, 아니면 어떻게 한번 놀아보려는 건지 분간이 안 갔다.
하지만 이 정도는 귀엽다.
순수하거나 순진한 건 그래도 괜찮은 것 아닌가.
하지만 사람들이 꼭 순수하거나 순진한 것만은 아니었다.

"여어, 이쁜이. 오늘 이 멋쟁이랑 함께 화끈하게 한번 놀아

볼까?"

생긴 건 산적의 할아버지 같아서는 침을 질질 흘리면서 하는 말이라고는…….

정말 남자로서의 자격을 상실한 놈이었다.

그런 놈들을 만나면 난 정말 그들의 남성을 상실하게 만들어주었다.

그렇다.

정확하게 찬다.

그리고 그들이 정말 염라대왕을 대면하고 있는 얼굴을 하며 고통에 몸부림칠 때 무진장 빨리 도망친다.

나는 모든 계열의 학생들이 지나가는 중앙 복도를 방황했다.

아직도 목표가 나타나지를 않았다.

이제 슬슬 한 번쯤 지나갈 시간이 되었다.

목표인 4단계 놈은 계속 수업이 줄을 잇기 때문에 꼭 이곳을 지나 다음 강의실을 가야 했다.

그러니 이곳을 지나갈 때가 되었다.

"헛!"

나는 황급히 기둥에 얼굴을 가렸다.

누군가와 눈을 마주친 것이다.

그 누군가가 내가 잘 아는 평민이었다.

평범한 갈색 머리에 체격이 굉장히 좋은, 넓적한 얼굴이 유난히 기억에 나는 놈.

넓적얼굴과 눈이 마주쳤다.

생각해 보니 그와 만난 건 참으로 오랜만이었다.

사이에 들어간 이후 지나가면서 한두 번 봤을 뿐이었고, 한 6개월 전에 본 게 마지막이었다.

넓적얼굴은 나를 보자마자 눈길을 돌릴 줄을 몰랐다.

다른 남자들도 모두 똑같은 반응을 보였으니 그런 흑심에 불과한 거라고 생각되었다.

아니, 그런 것이기를 빌었다.

만약 6개월 만에 만나는 놈이 '어? 크리스, 요즘은 여장이 취미야?' 라고 말하면 내가 뭐가 되겠는가. 정말 혀를 깨물고 죽고 싶을 정도로 치욕스러울 것이다.

나는 애써 기둥 뒤에 숨었다.

그가 더 이상 쳐다보지 않고 갈 길을 가기를 빌었다.

그렇게 숨을 죽이고 기다리고 있는 와중이었다.

"엇!"

누가 갑자기 등을 치자 깜짝 놀랐다.

나보다 머리 하나는 더 큰 넓적얼굴이었다.

"뭐, 뭐냐!"

너무 놀라 목소리를 깔아야 한다는 사실을 잠시 까먹고 있었다.

‘젠장!’

안 그래도 조심스러운데 목소리까지 그대로 냈으니…….

"우리 혹시 어디선가 만난 적이 있지 않아요?"

언제나 그렇듯 넓적얼굴은 역겨울 만큼 신사적이었다.

그는 정말 점잖게 물었다.

"아니요."

나는 최대한 목소리를 곱게 냈다.

‘어라?’

내가 냈음에도 불구하고 꽤나 괜찮은 목소리였다.

마빡대표의 말대로 나는 여자로 태어났어야…….

고개를 절레절레 흔들었다.

넓적얼굴은 고개를 갸웃했다.

"어디선가 본 거 같은데…….”

꿀꺽.

정말 숨이 넘어갈 정도의 긴장감이었다.

이미 손바닥이 땀에 흥건했다.

넓적얼굴은 갑자기 미소를 지으며 내 손을 잡았다.

‘걸렸나!’

나는 눈을 질끈 감았다.

"꿈에서 본 것 같네요. 제가 항상 꿈에 그리던 이상형이었는데, 이렇게 직접 만나게 되니 영광입니다. 저는 사이의 1단계 학생 그렉입니다. 아름다우신 레이디는?"

"……."

나는 놈을 멍하니 쳐다봤다.

그리고 기억속의 어렴풋한 조각들을 한데 모으기 시작했다.

내가 아는 그렉은 덩치가 크고, 순진하고, 말을 잘 더듬는 그런 놈이었다.

여자의 앞에서는 말을 잘 못하는 놈이란 말이었다.

1년 6개월이 지났다고 사람이 이렇게 변할 수 있나?

작업에 있어 이만한 고수는 처음 봤다.

귀족 중에서는 이 정도야 우습지만, 요하네스에서 이 정도라면 제법 노는 놈이었다.

놈을 다시 보니 머리도 깔끔하게 정돈되어 있었고, 옷 차림도 괜찮았다.

내 풍부한(?) 경험에 비춰보건데, 놈은 절대 이 짓을 한두 번 한 게 아니었다.

노련미가 물씬 풍겨 나왔다.

'도대체 사이가 어떤 곳이기에…….'

순진한 넓적얼굴이 이런 식으로 오염되었다는 생각이 들

자 당장에 사이 놈들을 모두 때려죽이고 싶은 충동이 들었다.

나는 부담스러운 얼굴을 가까이 들이대는 놈을 보면서 이 상황을 어떻게 타개해야 할지 고민했다.

그 어떤 말을 해야 당장에 떨어져 나갈지 모르겠다.

"......!"

나는 그때 내 목표를 볼 수 있었다.

또 왜 그리 발걸음이 빠른지 저 멀리에서 다가오던 목표는 벌써 내 옆을 스쳐 지나가려 했다.

나는 황급히 목표를 붙잡았다.

넓적얼굴의 덩치도 상당했지만, 이 목표와는 비교도 되지 않았다. 2m 15㎝ 정도에 우락부락 잘 키워진 근육은 살아 있는 듯 꿈틀거리는 느낌이었다.

"안톤! 제 마음은 그대에게 가 있는데, 이 못생긴 사람이 계속 절 괴롭혀요."

속이 울렁거린다.

당장에 토하고 싶은 기분이었다.

그렇다.

내게 주어진 임무의 대상은 주먹코의 형, 흉터괴물이었다.

흉터괴물은 여전히 산적의 표본처럼 생겼다. 유난히 못생

긴 주먹코에 이마에 큰 흉터가 있어 보는 것만으로도 욕이 나
오게 하는 외모였다.

그런 놈의 팔을 붙잡은 채 존칭으로 하소연을 하려니까 정
말 미칠 것만 같았다.

하지만 이 임무를 그대로 수행하지 않으면 앞으로의 주몬
생활이 얼마나 괴로워질지는 생각도 하고 싶지 않다.

나는 심호흡을 했다.

'할 수 있어!'

내 무릎이나 다름없는 주먹코의 손목을 잡으며 나는 다시
말했다.

"이 못생긴 사람 좀 혼내주세요."

나는 초롱초롱하게 보이려 했지만, 이 상황이 너무도 싫어
애처롭기 짝이 없는 눈빛으로 흉터괴물을 올려다봤다.

흉터괴물은 얼굴이 새빨갛게 달아올랐다.

사람의 얼굴이 이렇게 새빨갈 수가 없었다.

나는 잠시 잊고 있었다.

흉터괴물이야말로 여자에 있어서는 완전 초보였다.

환상얼굴이 시야에만 닿아도 얼굴이 붉어지고 말을 더듬
는 놈이었다.

물론 환상얼굴을 제외한 여자와는 조금 괜찮았다.

모든 남자가 그렇듯 흉터괴물도 여자의 분류법이 있었다.

예쁜 여자냐, 아니면 그냥 그렇고 그런 여자냐.

나는 안타깝게도 전자에 속했다.

흉터괴물은 그 멍청한 머리로 간신히 사태를 파악했는지 넓적얼굴을 보며 눈을 부라렸다.

흉터괴물이라는 별명에 걸맞게 놈의 살기는 정말 위압적이었다.

넓적얼굴은 얼굴이 파리해져 가지고는 그대로 복도에서 사라졌다.

넓적얼굴이 도망치는 모습을 보면서 나는 혀를 찼다.

덩치도 산만 한 게…….

나는 그때 위에서 엄청나게 부담스러운 시선을 느낄 수 있었다.

잠시 동안 내가 잡고 있는 흉터괴물의 손목이 기둥인 줄 알았다.

"누구?"

부끄러운 듯 살짝 미소를 지은 채 묻는 흉터괴물의 모습에 다시 속이 복잡했다.

"아니, 그, 그게, 저 사람이 괴롭혀서 그냥 도움을 청했던 거랍니다. 감사했어요."

임무는 최대한 가까워지는 것이었지만 무의식중에 나는 생존 본능에 따라 충실히 행동하고 있었다.

"내 이름을 알고 있네?"

"그, 그냥 아는 거예요. 그럼 이만 가……."

재빨리 현장에서 사라지려고 했다.

하지만 저 멀리 마빡대표가 서 있었다. 가만히 서서 나를 노려보고 있는 눈빛이 보통 살벌한 게 아니었다.

"……."

진퇴양난이었다.

앞은 마빡대표가, 뒤는 흉터괴물이 막아섰다.

꿀꺽.

나는 침을 삼켰다.

"안톤 선배님을 모르는 사람이 어디 있어요! 나, 남자다워서 머, 멋지시잖아요."

"헤헤, 그래?"

칭찬 한 번 했다고 좋아 죽으려고 하는 흉터괴물이었다.

"내가 원래 좀 인기가 많지."

"……."

이제는 한 술 더 뜬다.

내 표정은 저절로 뭐 씹은 표정이 되었다.

흉터괴물은 그 표정을 보더니…….

"걱정하지 않아도 돼. 내가 인기는 많아도 너 같은 이쁜이는 잘해줄 수 있어."

"……."

내 표정의 어디에서 '그렇게 인기 많으면 나한테 잘해줄 시간은 없겠네요?'의 뜻을 읽었을까?

흉터괴물은 정말 예전부터 이런 증상이 심했다.

내 표정은 훨씬 처참하게 구겨졌다.

놈과 가까워져야 한다는 임무는 이미 저 다른 행성계로 멀리멀리 날아갔다.

흉터괴물은 실실 웃으면서 날 달래듯 말했다.

"에이, 걱정하지 말라니까? 너, 나 너무 좋아하는 거 아니니? 앞으로 너만 좋아하면 되잖아. 됐지? 그럼 이제 기분 풀어~"

"……."

벽에 머리를 박고 싶은 심정이었다.

어느새 '잘해줄게'에서 '이젠 너만 좋아할게'로 진전해 버렸다.

나는 그때 마빡대표가 임무 브리핑을 할 때 말한 사실이 떠올랐다.

"이번 임무는 굉장히 쉬울 거야. 안톤은 워낙에 여자 경험이 없는 데다 과대망상증이 심해서 조금만 잘해줘도 자길 좋아하는 줄 알아. 그리고 자기를 좋아한다고 판단하면 그 기회를 꼭 잡아서 연애를 한번 해보려고 미친듯이 노력하지.”

　마빡대표의 말처럼 흉터괴물에게는 연애 경험이 단 한 번
도 없는 게 확실했다.

　미치지 않고서야 저런 외모에 자기 멋대로 진도 나가는 놈
과 사귀지는 않을 것이다.

　나는 망연자실한 눈으로 저 멀리에 서 있는 마빡대표를 바
라봤다.

　제발 살려 달라는 메시지가 담긴 눈빛이었다.

　“…….”

　하지만 놈은 복도의 바닥임에도 불구하고 뒹굴거리면서
웃음을 참고 있었다.

　내 눈빛을 봤을 리가 만무했다.

　쪽.

　“……!”

　내가 마빡대표에게 눈을 주고 있는 틈을 타 흉터괴물이 내
볼을 기습했다.

　나는 공허한 눈으로 흉터괴물을 올려다봤다.

　“이거 봐, 너만 좋아한다니까? 지금까지 누구한테 뽀뽀를
해본 적이 없는 나야~ 그러니까 너무 걱정하지 말고 다음에
보자.”

흉터괴물은 그 말만을 남기며 떠났다.

혼이 육체에서 빠져나간 듯, 무엇인가를 잃은 망연자실한 표정으로 나는 가만히 서 있었다.

서 있는 동안 딱 한 가지 생각밖에 안 났다.

'죽어버릴까?'

『요하네스』4권에 계속…

지금 유전자가 말하는 사랑과 성의 관한 솔직 대담한 진실이 펼쳐집니다!

남편의 후광을 등에 업는 것은 까마귀와 인간뿐…

모두에게 바보 취급받던 독신 암컷이 단번에 인생대역전을 해서
서열 1위인 수컷의 아내 자리를 차지하게 될 수도 있다는 말입니다.
모든 여성이 이상형의 남자와 결혼할 수 있는 것은 아닙니다.
적당한 선에서 타협하여 적당한 사람과 결혼하지요.
하지만 솔직히 말해서 당연히 멋진 남자가 더 좋지 않겠습니까?
따라서 여성은 생각합니다.
'그럼 어떻게 하지? 유전자만이라면 가질 수 있어!'
그리하여 장기계획형이나 단기승부형과 같은 여러 가지 방법의
외도가 생겨나는 것입니다.
물론 모든 여성이 이를 실행에 옮기지는 않습니다.

하지만 기회가 있다면 어떨까요?
다른 조건과 이미 타협을 봤다면?
남편이 사소한 일은 눈치 못 채는 둔한 남자라면?
뭔가 유전자의 음모가 느껴지지 않습니까?

실패를 모르는 남자 선택법!
「내 남자친구는 왼손잡이」 법칙

어째서 여성은 왼손잡이 남성에게 마음이 끌리는 걸까요?

여기서 기억해야 할 것은 몸의 좌우와 뇌의 좌우는 원칙적으로 반대 관계라는 점입니다.
따라서 왼손잡이 남성은 우뇌가 발달했습니다.
발달했다는 사실이 왼손잡이를 통해 반영된 것입니다.

그리고 두 번째로 생각해야 할 것은 우뇌는 남성 호르몬의 일종인 테스토스테론에 의해 발달한다는 점입니다.
요약하자면 왼손잡이 남성은 우뇌가 발달했는데, 그것은 테스토스테론 수치가 높기 때문입니다.
그것은 다름 아닌 생식 능력이 높다는 것을 의미하지요.

「내 남자 친구는 왼손잡이」에 감춰진 의미는… 내 남자 친구는 생식 능력이 높아… 인 것입니다.

초등학생이 반드시 읽어야 할 좋은 책 49권

각 학년별로 초등학생이 반드시 읽어야할 좋은 책을 선정하여 통합논술의 기본이 되는 '올바른 독서법'을 일깨워 줍니다.

교과서와 함께하는
초등학교 통합논술

초등1학년 | 값 12,000원 / 초등2학년 | 값 9,500원 / 초등3학년 | 값 11,000원 / 초등4학년 | 값 9,500원 / 초등5학년 | 값 9,500원 / 초등6학년 | 값 11,000원

♣ 혼자 할 수 있어요.

엄마가 책 읽는 방법을 가르쳐 주어도 좋아요.
독서지도하는 선생님이 가르쳐 주어도 좋답니다.
"초등 교과서와 함께하는 **통합논술 시리즈**"는
아이 스스로 독서할 수 있도록 꾸며진 책이에요.
엄마와 선생님은 요령만 가르쳐 주시면 된답니다.

♣ 교과서의 중요한 내용이 총정리되어 있어요.

각 학년별로 중요한 교과 내용이 함께 수록되어 있어요.
초등학생은 교과서 내용을 충실하게 공부해야 합니다.
아울러 그와 병행한 독서가 대단히 중요하지요.
"초등 교과서와 함께하는 **통합논술 시리즈**"는
두가지 방법 모두 알려준답니다.

♣ 이 책은 훌륭하신 선생님들이 함께 쓰신 책이랍니다.

동화작가 선생님들이 쓰셨어요. 소설가 선생님도 쓰셨답니다.
국어 논술독서지도 선생님들도 함께 쓰셨지요.
"초등 교과서와 함께하는 **통합논술 시리즈**"는
엄마의 마음으로 모든 선생님들이 함께 꾸민 책이랍니다.